吉田　稔
Yoshida Minoru

音楽作品台本集

組曲
吉田松陰

ふらんす堂

目次

○音楽作品台本

音楽作品台本集

組曲　「吉田松陰」

○音楽作品台本

I

組曲「芳一幻想」

一九八七年作

○凡例
小泉八雲作「怪談／耳なし芳一の話」にもとづくもの。

N…芳一（山本　學）のナレーション。ステージ上手に登場。

M…音楽。全九曲より構成され、各曲のタイトルはその都度下手脇のスクリーンに表示。
○初演　クレモナ演奏会／一九八七年八月三十一日　於　山口市民会館大ホール
企画／石井洋之助
作曲／岡田昌大
ソプラノ／間田淑子
テノール／久保田　誠
ナレーション／山本　學
指揮／椎木浩二
山口クレモナオーケストラ　クレモナ父兄合唱

［Ｍ１の序、始まる］

衝撃的な全管弦楽の*sf*の後、打楽器又は弦によるさざなみのような振動の中で

芳一のＮ（以下、Ｎはすべて芳一のナレーション）

「――平家と源氏の長い争いもここ壇ノ浦の戦いでいよいよ終わりを告げたのでございます。

平家は一門の女や子供にいたるまで、あの幼き帝《みかど》もろとも、みんな、みんな海のそこに沈んでしまいました。

壇ノ浦の海辺やこのあたり一帯に、ふしぎなことが度々《たび》起るようになったのは、それから後《のち》のことでございます。

ある日、ある時、ふと私の身にふりかかった出来事もその一《ひと》つ、――それはまことにあやしく、世《よ》にもふしぎなことでございました。」

［音楽、高調して、］

Ｍ１「芳一幻想」のメイン・テーマ

全管弦楽で、たからかにうたわれる。それは、

ロマンのかおり高い幻想の音楽——滅びゆく平家の哀感をただよわせた、一種、世紀末的ともいえる、官能的なひびき、……

［M1静かに終る。］

［琵琶の音（録音）］

以下、琵琶の音は何度となく出てくるが、ナレーションの始まりや、場面転換、又は時間経過を象徴的にあらわすものとして使われる。その都度、状況に応じて、音の回数、強度が変えられる。

N「ある夏の夜のことでございます。ちょうどその日は檀家に不幸があり、和尚さまは伴《とも》の者をつれ、お通夜に出かけられていました。私一人が寺に残り、留守居をしていたのでございます。

いつになく、むし暑い夜で、どうも寝つかれない。しばらく縁側に出て涼んでおりましたが、これといって他《ほか》にすることもなく、つれづれに琵琶を鳴らしながら、何となく淋しさをまぎらわしていたのでございます。」

［琵琶の音］

N「夜半もとっくに過ぎましたが、和尚さまはなかなか帰ってまいりません。

［M2の序、かすかに*pp*で始まる］

どうやら、小雨が降ってきたようでございます。……その小雨の音に交《ま》じって、ふと私は、ある足音に気がつきました。確かに、誰かがお寺の裏門の方から歩いてくる、裏の庭を通り抜けて、何者かの足音がゆっくりとこちらに近づいてくるのでございます。……」

すでになり響いているM2序の*pp*の中に、ある一つのモチーフ（甲冑の武者のモチーフ）が、ポツンと浮かび上り、クレッシェンドしながら、明確な形をとりはじめる。

急に、切迫して、*ff*で中断する。


N「――《甲冑の武者》芳一！　芳一！

――《芳一》はい。私は盲《めしい》でございます。目が見えません。どなた様でございましょうか？

――《甲冑の武者》怖《こわ》がることはない。身共はさるやんごとなきお方の使いの者、おそれ多くもそのお方は、あまたのご家来衆を引きつれ、只今、この赤間が関にご滞在中である。芳一、その方《ほう》は稀《まれ》なる琵琶の名手、その名はあまねく鳴り響いている。我が君には、今宵、是非ともその方の琵琶の語りを聞きたいとの思《おぼ》し召《め》し。さあ、ご案内いたす。ついてまいれ！

音楽、激しく入る。――アクセント効果
すぐさま*pp*の打楽器の連打の中で、

いきなり、むんずと腕をつかまえられました。私の腕をつかんだその手は、何と、くろがね、鉄の手ではありませんか。それに、ガチャガチャと触れあう不気味な音、よろいかぶとに身を固めた武者にちがいありません。
いやおうなく寺の外につれ出され、小雨の降る闇の中、私の腕をつかんだ甲冑の武者は、いずこへとも知れず、ぐんぐんと大股に歩みを進めて行くのでございました。」

［音楽、高調して、］

M2　大股に歩む、甲冑の武者

先刻、あらわれた甲冑の武者のモチーフを素材に発展させた、「甲冑の武者のメロディ」が全管弦楽で威風堂々と鳴り、この音楽ドラマのいわば悪役（平家の亡霊）の代表的存在として、聴覚的に印象付けられる。

［武者が歩みを止めたかのように、*ff* でぶっ切れるように

M2、終る。］

N「――《甲冑の武者》開門！　開門！


あるところで、つと立ち止まった武者は呼ばわりました。

カンヌキがはずされ、ギィーッと門が開く音が響きわたります。よほど大きな館《やかた》にちがいありません。

しばらく庭を進むと、玄関の前に立ったのでございましょう。草履《ぞうり》を脱《ぬ》ぐように誰かがささやきました。

襖を開く音、雨戸を繰《く》る音、女たちの話し声が、まるで森の木《こ》の葉のざわめきのように聞こえます。その言葉の何とたおやかな響き。

いつのまにか、私を案内するのは、やさしい女人《にょにん》の手に変っているのでございました。

［M3の序、始まる］

覚えきれぬほどたくさんの柱の角を曲がり、びっくりするほど広い畳《たたみ》の間《ま》を通っていきました。
廊下ですれちがう女官《にょかん》たちのみやびやかなささやき声、衣《きぬ》ずれの音、
私は、うっとりと夢中になっていたのでございます。」

［音楽、高調して］

M3　女官たちの居る雅《みやび》やかな宮中の情景

なまめかしくも美しい、女官のモチーフが中心となり、宮中を誘導されて行く芳一のときめきが感じられる。

曲調は前の武骨なM2と対照的で、艶麗。

［M3、しだいに弱まり、*pp*でさざなみのような振動の中で、］

N「長い廊下を通り抜け、やがて大広間《おおひろま》に案内されたのでございましょう。

用意された座ぶとんの上にすわると、女官たちの話し声、よろいの触れ合う音があちこちで聞こえます。

広間には、よほどたくさんの人が集まっているのでございましょう。

やがて、あたりはシーンと静まりました。

［M3、消えるように終る。］

老女が私の耳もとでささやいたのでございます。

――《老女》お上《かみ》には、平家の物語、なかでもひとしお哀《あわ》れな壇ノ浦の語りをご所望でございますぞ。

私は、もう怖《こわ》くはありません。このような高貴な方々の居並ぶ前で琵琶を弾くことができるとは、何という幸《しあわ》せ、何という光栄かと、夢中で琵琶を抱きかかえたのでございます。」

［琵琶の音］

しだいに激しくなり、そして、それをかき消すように全管弦楽が鳴り始める。

M4　芳一の奏でる壇ノ浦悲曲

M1の「芳一幻想」のメイン・テーマが展開

され、いっそう強調された形で、この音楽ドラマ前半のクライマックスを作る。金管弦楽により、壇ノ浦の壮絶な戦いが象徴的に描かれた後、曲調はおだやかになり、滅び行く平家の最後がテノールソロ及びソプラノとテノールの二重唱で歌われる。

（テノール独唱）
主上今年は、八歳《はつさい》にぞならせおはします。小《ちひ》さう美しき御手《おんて》を合《あは》せ、
先《ま》づ東《ひんがし》に向《むか》はせ給《たま》ひて、伊勢大神宮《だいじんぐう》に御暇《おんいとま》申させおはしまし、その
後《のち》西に向《むか》はせ給《たま》ひて、御念佛《おんねんぶつ》ありしかば、二位殿《にゐどの》やがて抱《いだ》き参《まゐ》らせて、
「波の底にも都の候《さぶらふ》ぞ」と慰《なぐさ》め参《まゐ》らせて、千尋《ちひろ》の底にぞ沈み給《たま》ふ。

※平家物語第十一より

（ソプラノとテノールの二重唱）
悲《かな》しきかな、無常《むじやう》の春の風、
忽ちに花の御姿《おんすがた》を散らし、
いたましきかな、分段《ぶんだん》の荒き波、
玉體《ぎよくたい》を沈め奉《たてまつ》る。

※平家物語第十一より

曲調が一転し、芳一の弾き語りに感激した女

官の嘆きが歌われる

（ソプラノ独唱）
ああ、なんという
哀しい
哀しい物語ぞ

ああ、なんという
あわれな
あわれな物語ぞ

いたましくも
みかどのお命《いのち》
波の底にぞ
――沈み給ふ

ああ……
ああ……

「ああ」のあが「お」に変り、女官達の嗚咽《おえつ》のように、母音歌唱がれんめんと……、いつのまにか、ソプラノの母音による歌唱だけが浮き上り、女官の嘆きの声、すすり泣きのように尾を引く……

と、突然、幻想をぶち破るように激しい衝撃音が *ff* で入り、不気味な音響に一転、

N「突然、私は体をガタガタとゆさぶられました。

——《和尚》芳一！　お前はこんなところで何をしているのか⁉

和尚さまの声ではありませんか。和尚さまがいつのまにこの館《やかた》に……

——《芳一》和尚さま、いけません、ここをどこだと思っているのです。おそれ多くも貴きお方の御前《おんまえ》、じゃまをしてはいけません。

——《和尚》何をたわけたことを。芳一！　しっかりしろ！　お前はたぶらかされている、だまされているのだ。目を覚ませ！

芳一！

激しく体をゆすぶられました。
やがて、しだいに和尚さまの声が遠くなり、そのまま私は気を失ってしまったのでございます。」

［M4、終る。］

N「お寺につれ戻され、気がついた後《のち》に和尚さまから聞かされた話でございます。……
大きな館の中で高貴な方々の前にいるとばかり思っていた私は、なんと、阿弥陀寺の墓地の中、それも、ちょうど安徳天皇のお墓の前にすわり、小雨の降りしきる中を、激しく琵琶をかき鳴らし、声高らかに歌っていたというではありませんか、……。

［M5序、始まる。］

私のまわりには無数の鬼火が——それも和尚さまがかって一度もみたこともないほど数多くの鬼火がゆらめき、まるでろうそくの炎《ほのお》のように、亡者の火があやしく燃えていたということでございます。」

M5　墓地でゆらめく鬼火の情景

M3に於ける、なまめかしい女官のモチーフが、ここでは不気味な鬼火に変っている。小雨の降る中を、青白くゆらめく鬼火、——あやしくも怖ろしい、又一種、幽玄な世界、……

［M5、静かに終る、と、休みなく、曲調は急変し、］

M6　般若心経

前のM5の情緒をふきとばすように、激しく男性的な曲調、——健康的な一種コミカルでさえある、リズムの動き。打楽器を主体として弦又は管が装飾的にいろどる。

打楽器の*pp*連打の中でN（ナレーター）による読経、

（読経）
――観自在菩薩《かんじざいぼさつ》　行深般若波羅蜜多時《ぎょうじんはんにゃはらみったじ》
照見五蘊皆空《しょうけんごうんかいくう》　度一切苦厄《どいっさいくやく》
舎利子《しゃりし》　色不異空《しきふいくう》　空不異色《くうふいしき》
色即是空《しきそくぜくう》　空即是色《くうそくぜしき》　受想行識《じゅそうぎょうしき》
亦復如是《やくぶにょぜ》

*pp*の打楽器又は弦の振動の中で

N「私は今、大変あぶないめにあっている。不運にも平家の亡霊たちに見込まれた私は、仮にも一度《ひとたび》、死んだ人間の言うなりになってしまった以上、それに身をまかせたと同じこと、このままほっておくと必ずや私はヤツザキにされ、命《いのち》をとられてしまう……

私の身をたいそう案じてくれた和尚さまは、衣《ころも》をぬがせ裸にして、私の体中に般若心経というお経を書きつけられたのでございます。

それは二百六十二文字しかない大変短いものでしたが、まことにありがたいお経で、必ずや私を護《まも》ってくれるだろうと、胸や背中、頭から足の裏まで、体中くまなく黒い文字で埋められたのでございます。」

（読経）

——説般若波羅蜜多呪《せつはんにゃはらみったしゅ》　即説呪曰《そくせつしゅわっ》
掲帝《ぎゃてい》　掲帝《ぎゃてい》　般羅掲帝《はらぎゃてい》
般羅僧掲帝《はらそうぎゃてい》　菩提僧莎訶《ぼじそわか》
般若波羅蜜多心経《はんにゃはらみったしんぎょう》

［M6　激しく終る。］

［琵琶の音］

N「日が暮れると、和尚さまは今夜も又、檀家に法要があり、出かけなければなりませんでした。出かける時に、私にかたくかたく申しつけられたのでございます。

——《和尚》いいか、芳一。今夜も必ず使いの武者はやって来る、来るにちがいない。しかし、どんなことがあっても返事をしてはならぬ、声を出してはならぬ、動いてはならぬ。

もしも声を出したり、少しでも動いたりすると、その時お前はヤツザキにされてしまう。

だが、こわがらなくともいい。只、ひたすら、ひたすらに心の中でお経をとなえるのだ。」

[琵琶の音]

[M7の序、静かに始まる。]

N「――夜がふけてまいりました。

私は昨夜と同じように縁側に出て、琵琶をかたわらの板の上に置き、……咳《せき》ひとつせず、息を殺して、体ごとまるで石のかたまりのようになって、……じっとしていたのでございます。」


静かにひびいていたM7の序ふと、とまり、

[――静寂]

［緊迫した静寂の後、］

M7　近づいてくる、甲冑の武者の足音

M2の序及びM2ですでに知られている甲冑の武者のモチーフをゆっくりとクレッシェンドさせながら、武者の近づいてくる様を暗示する。

M2の序と同じ状況設定ではあるが、ここでは、武者の到来におびえている芳一の心理にポイントがおかれ、この音楽ドラマ中、もっともスリリングな箇所として、音による恐怖を感じさせる。

［M7、ぶっ切れるように激しく終る。］

N「——《甲冑の武者》芳一！　迎えにまいったぞ、芳一！

返事をせい、ン? 姿が見えぬ、芳一! どこにいるのだ、お前は、……
はて、ここに琵琶がある。しかし、かんじんの琵琶法師の姿が、……おお! 耳が、なんと耳が二つ、……
なるほど、彼奴《きゃっ》め、口がなくては返事も出来ぬ、……よし、この耳をもらっていこう。二つの耳を持ち帰り、我が君にこの有様申し上げようぞ。

音楽、激しく入る。*sf*、アクセント効果、すぐに*pp*。

いきなり、私の耳は、鉄の指でがっちりとつかまえられ、これを引きちぎろうと激しくふりまわされました。」

M8 甲冑の武者、対般若心経

芳一の耳を引きちぎろうとする甲冑の武者と、言語を絶する苦痛に耐える芳一、——この音楽ドラマのクライマックス。

M2の甲冑の武者のメロディが咆哮、荒れ狂う――その間隙をぬって、テノール独唱が般若心経の一節を、雄叫《おたけ》びのように歌う。

(テノール独唱)
色不異空《しきふいくう》　空不異色《くうふいしき》
色即是空《しきそくぜくう》　空即是色《くうそくぜしき》
受想行識《じゅそうぎょうしき》　亦復如是《やくぶにょぜ》

(テノール独唱)
掲帝《ぎゃてい》　掲帝《ぎゃてい》　般羅掲帝《はらぎゃてい》
般羅僧掲帝《はらそうぎゃてい》　菩提僧莎訶《ぼじそわか》
般若波羅蜜多心経《はんにゃはらみったしんぎょう》

[M8、しだいにおさまり、]

やがて甲冑の武者のモチーフがだんだん遠のいて行く――つまり、甲冑の武者が去っていく、その足音を芳一が身動きせず、じっと聞いている状況を暗示。

[M8、消えるように、終る。]

N「――武者の足が遠のき。どれぐらいの時がたったのでございましょうか、……いつのまにか私は、和尚さまに体をしっかりと抱きかかえられていたのでございます。

――《和尚》芳一、許しておくれ。私の大変な手落ちであった。お前の体にお経をくまなく書いたつもりが、耳だけ書き落としたとは、……その耳がもぎ取られ持っていかれた、……さぞ苦しかったことだろう、さぞ痛かっただろう、何とふびんなことよ。しかし芳一、よくぞ我慢した。よくぞ声を出さなかった。おかげでお前の命は助かった。もう危険はない。二度とあの武者が来ることはない。芳一、お前は救われたのだ。」

[M9の序、始まる]

朝の光がさし込むように、静かに、明るい音が流れ入り、

N「――明るい、太陽の日ざしがさしこんでいました。恐ろしい一夜がすぎ、今、朝を迎えたのでございましょう。

私は生きている、確かに私は今、生きている、……耳の痛さも忘れ、体の中を突きあげてくるこの喜び、うれしい、……まぶしい朝の光の中で、私はおどりだしたいような気持になりました。
そして、いずこからともなく、私を呼ぶ声が聞こえてまいりました。

［明るく］

芳一！　芳一！」

M9　芳一讃歌

（ソプラノ独唱、テノール独唱と合唱）

芳一、芳一
芳一は生きている

さんさんと輝く
朝の光に
きらめく命

苦しみは去り
今こそ
よみがえる
小さな命

芳一、芳一
芳一は生きている

完

組曲「中原中也」

一九七四年作

○凡例
N…ナレーション。進行役（ステージ上手で）。
ゲスト出演者…中也（下手）及び中也の声（陰の声）と同一出演者。
M…音楽。
○初演
山口芸術短期大学定期演奏会／一九七四年十月　於山口市民会館大ホール
○東京公演
山口芸術短期大学演奏会／一九七五年十月二十八日　於東京・虎ノ門ホール
企画／石井洋之助
作曲／岡田昌大
ソプラノ／中沢　桂
バリトン／長井則文
ナレーション（中也）／山本　學
ナレーション／玉岡雅代
指揮／岡田昌大
山口芸術短大合唱団　山口芸術短大管弦楽団

ゲスト出演者（下手に登場。スポット）

「ある晩、暗い空間に、一つの小さな明るい星があらわれました。

一人の若者がその星をつかみとろうと、小さな命を燃やしました。


かなしい時が流れました。


その星を見ながら、ある人が私にたずねました。

生きる者はみな、中原中也が不幸であったように不幸であらねばならないのか、と。

私も今、この問《と》いの前に立ち止まり、そのきびしさにあるたじろぎを覚えます。

ひたすら美しいものを求めた中原中也のその青春の時の流れが、いっそう悲しくいっそう不幸であったことを知ると、今、深い悲しみと同時に、複雑な羨望《せんぼう》の気持で私はその星を眺めるのです。

それは若くして自分の行《ゆ》く末を知ってしまった一人の人間の狂気のような命の燃焼。

あまりにも生きることを急ぎすぎ、あまりにも生きることに忠実であった一人の人間の命《いのち》の足跡。その人間は詩人とよばれる生業《なりわい》を持っていたのです。」

■プロローグ

［M1前奏、始まる。］

中也（ステージ下手で）

「これが私の故里《ふるさと》だ
さやかに風も吹いてゐる

ああ　おまへはなにをして来たのだと……
吹き来る風が私に云ふ」

※詩「帰郷」より

N（ステージ上手に登場）

「中原中也、明治四十年四月二十九日、山口市湯田に生まる。幼少の頃より神童とよばれ、名門中原家の後嗣《こうし》としてその将来を嘱望《しょくぼう》されるが、文学に没頭のあまり山口中学第三学年を落第、十六歳にしてふるさと山口の地をはなれ、以後、京都・東京へと都会の喧噪《けんそう》の中を、失意と耽溺《たんでき》のうちに彷徨《ほうこう》する。

詩集『山羊の歌』を出版、そのすぐれた才能と詩心《ししん》は衆目の認めるところとなるが、不幸にして病《やまい》に倒れ、昭和十二年十月二十二日、第二詩集『在りし日の歌』の出版を前に、異郷の地、鎌倉で没す。享年三十歳。
死後その名声はとみに高まり日本近代詩に不滅の光芒《こうぼう》を放っている。」

M1「朝の歌」

天井に　朱《あか》きいろいで
　戸の隙を　洩れ入る光、
鄙びたる　軍楽の憶ひ
　手にてなす　なにごともなし。

小鳥らの　うたはきこえず
　空は今日　はなだ色らし、
倦んじてし　人のこころを
　諫めする　なにものもなし。

［M1間奏に、］

中也（陰の声）「大正十四年八月頃、いよいよ詩を専心しようと大体決まる。大正十五年五月、『朝の歌』を書く。七月頃小林に見せる。それが東京に来て詩を人に見せる最初。つまり『朝の歌』にてほぼ方針立つ。ほぼ方針立つ。」

※「詩的履歴書」より

樹脂《じゅし》の香に　朝は悩まし
　うしなひし　さまざまのゆめ、
森並は　風に鳴るかな

ひろごりて　たひらかの空、
　土手づたひ　きえてゆくかな
うつくしき　さまざまの夢。

【M1終る】

N「評論家、小林秀雄との出会いは、詩人中原中也の生涯にとって、その青春のはじめの日における一つの宿命的な出会いでした。すぐれた文学的精神とのふれあいをとおして、十九歳の青年中也の詩心はめざめ、文学への情熱が燃えあがります。しかもそこには、一人の女性を中にした二人の天才の『悪夢《あくむ》のような関係』、まるで泥沼のようないまわしい事件が待ちうけているのでした。裏切り、嫉妬、絶望、……そして深い友情。まさに疾風怒濤《しっぷうどとう》のあらしがこの二つのすぐれた青春をとらえていたのです。あらしの中で揺れ動く一人の女性、長谷川泰子こそ中也が生涯愛し、生涯うたいつづけた『永遠の女性』であったといわれます。彼女への愛をくりかえしくりかえしうたう時、それはしだいに悔恨《かいこん》の熱い涙となり、いつしか『聖母マリア』への清い祈りとなるのです。」

[M2前奏、始まる。]

中也（陰の声）「こひ人よ、おまへがやさしくしてくれるのに、
私は強情だ。ゆふべもおまへと別れてのち、
酒をのみ、弱い人に毒づいた。今朝
目が覚めて、おまへのやさしさを思ひ出しながら
私は私のけがらはしさを歎いてゐる。そして
正体もなく、今茲《ここ》に告白をする、恥もなく、
品位もなく、かといつて正直さもなく
私は私の幻想に駆られて、狂ひ廻る。」

※詩「無題」より

M2 「時こそ今は……」

時こそ今は花は香炉に打薫じ、
そこはかとないけはひです。
しほだる花や水の音や、
家路をいそぐ人々や。

いかに泰子、いまこそは
しづかに一緒に、をりませう。
遠くの空を、飛ぶ鳥も
いたいけな情け、みちてます。

いかに泰子、いまこそは
暮るる籬《まがき》や群青《ぐんじょう》の
空もしづかに流るころ。

いかに泰子、いまこそは
おまへの髪毛《かみげ》なよぶころ
花は香炉に打薫じ、

［M2終る］

■青春

中也（ステージ下手に登場）

「昭和四年同人雑誌『白痴群』を出す。昭和五年八号が出た後廃刊となる。以後雌伏《しふく》。昭和八年五月、偶然のことより文芸雑誌『紀元』同人となる。」

※「詩的履歴書」より

N「中原中也のまわりには、たくさんのすぐれた文学者達がいました。河上徹太郎、阿部六郎《ろくろう》、大岡昇平、永井龍男、古谷綱武《ふるやつなたけ》……中也の才能を認め、中也の詩を高く評価していた人々です。しかし彼らはまもなく中也から離れていきます。人なつっこい魅力と同時に、どこかに一種、嫌悪を感じさせるこの傲岸《ごうがん》な詩人から、彼らはしだいに遠のいて行くのです。」

中也「大正十二年より昭和八年十月迄、毎日々々歩き通す。読書は夜中、朝寝て正午頃起きて、それより夜の十二時頃迄歩くなり。」

N「友をなくし、恋人を失い、全《まった》くひとりぼっちになった中也は、みたされぬ想いと傷ついた抒情をひきずりながら、酒場から酒場へと暗い青春の坑道を歩きつづけるのです。」

M3「汚れつちまつた悲しみに……」

汚れつちまつた悲しみに
今日も小雪の降りかかる
汚れつちまつた悲しみに
今日も風さへ吹きすぎる

汚れつちまつた悲しみは
たとへば狐の革裘《かはごろも》
汚れつちまつた悲しみは
小雪のかかつてちぢこまる

汚れつちまつた悲しみは
なにのぞむなくねがふなく
汚れつちまつた悲しみは
倦怠《けだい》のうちに死を夢む

汚れつちまつた悲しみに
いたいたしくも怖気づき
汚れつちまつた悲しみに
なすところもなく日は暮れる……

［M3　終る］

■死

N「中也の手元に、郷里の山口から一つの悲しい知らせが届いたのは、昭和六年九月二十六日の夜のことです。

――コウゾウ　シ（死）ス

中也の弟、恰三が肺結核のため二十歳の若さでこの世を去ったのです。
これは中也にとって何よりも衝撃的な出来事でした。
この世の悪を知らず清純なまま死んでいった弟、長男である自分が継ぐべき家業の医者の道を自分に代《か》わって歩もうとした弟、……中也が弟の死によせる気持は、愛する肉親の死をいたむ気持と同時に、中原家とその祖先への深い自責の念となって己《おのれ》を苦しめるのです。
今、弟恰三がねむるのは、山口市吉敷にある中原家累代《るいだい》の墓、そして
そのそばを流れる水無し川、……幻想は、中也をこのふるさとの河原
へとつれて行きます。いつしか死の観念が中也の心にしのびこみ、そ
してふと、死んだあとの自分の骨を立ててみるのです。」

M4　詩「骨」のイメージによる管弦楽曲

中也（ステージ下手）
「ホラホラ、これが僕の骨だ、
生きてゐた時の苦労にみちた
あのけがらはしい肉を破つて、
しらじらと雨に洗はれ
ヌックと出た、骨の尖《さき》。

中也「それは光沢もない、
ただいたづらにしらじらと、
雨を吸収する、
風に吹かれる、

幾分空を反映する。

中也「生きてゐた時に、
これが食堂の雑踏の中に、
坐つてゐたこともある、
みつばのおしたしを食つたこともある、
と思へばなんとも可笑しい。

中也「ホラホラ、これが僕の骨——
見てゐるのは僕？　可笑しなことだ。
霊魂はあとに残つて、
また骨の処にやつて来て、
見てゐるのかしら？

中也「故郷《ふるさと》の小川のへりに、
半ばは枯れた草に立つて
見てゐるのは、——僕？
恰度立札ほどの高さに、
骨はしらじらととんがつてゐる。」

［M4終る］

［M5前奏、始まる。］

■愛情

中也（陰の声）「昭和八年十二月、結婚。
　昭和十年十月、男の児を得る。
　同年十二月『山羊の歌』刊行。」

N「それは、激しく短かい中也の生涯の中で、只一度だけおとずれた、平和な幸《しあわ》せな時期だったといわれます。ふるさとの山口に帰り、家の者がすすめる遠縁の娘と結婚、東京四谷《よつや》のアパートに新居をかまえ、そして翌年、男の子、文也《ふみや》が生まれたのです。
中也が詩の中でくりかえしくりかえし歌ってきた、あの幼き頃への追憶、幼き者へのあこがれが、今、現実に我が子文也への愛情として結晶するのです。」

※「詩的履歴書」より

M5「春と赤ン坊」

菜の花畑で眠つてゐるのは……
菜の花畑で吹かれてゐるのは……
赤ン坊ではないでせうか？

いいえ、空で鳴るのは、電線です電線です
ひねもす、空で鳴るのは、あれは電線です
菜の花畑に眠つてゐるのは、赤ン坊ですけど

走つてゆくのは、自転車々々
向ふの道を、走つてゆくのは
薄桃色の、風を切つて……

薄桃色の、風を切つて……
走つてゆくのは菜の花畑や空の白雲《しろくも》
――赤ン坊を畑に置いて

［M5終る］

［M6前奏、始まる。］

中也（陰の声）「七月二十四日
『遺言的記事』――文也《ふみや》も詩が好きになればいいが。二代がかりなら可なりなことが出来よう。俺の蔵書は、売らぬこと。それには、色々書込みがあるし、何かと便利だ。今から五十年あとだつて、俺の蔵書だけを十分読めば詩道修業には十分間に合ふ。迷はぬこと。迷ひは、俺がサンザやつたんだ。
八月十四日
文也漸《やうや》く舌が廻り出す。一ヶ月に二つ位づつ単語が増《ふ》える。来年の春頃には、簡単な話が出来るであらう。」

※日記より

M6「雲雀」

ひねもす空で鳴りますは
ああ　電線だ、電線だ

ひねもす空で啼きますは
ああ　雲の子だ、雲雀奴《め》だ
碧《あーを》い　碧《あーを》い空の中
ぐるぐるぐると　潜《もぐ》りこみ
ピーチクチクと啼きますは
ああ　雲の子だ、雲雀奴《め》だ

歩いてゆくのは菜の花畑
地平の方へ、地平の方へ
歩いてゆくのはあの山この山
あーをい　あーをい空の下

眠つてゐるのは、菜の花畑に
菜の花畑に、眠つてゐるのは
菜の花畑で風に吹かれて
眠つてゐるのは赤ん坊だ？

［M6後奏］

照明は次の中也の声の間、しだいに暗く、
ゆっくりF・O

中也（陰の声）「十月十八日
文也の誕生日。雨天なので、動物園行きをやめる。
十一月三日
晴。午後阿部六郎《ろくろう》訪問。夕刻より渋谷に出て飲む。渋谷で飲んだのは
多分昭和五年以来のことだ。
十一月四日
昨夜のおかげで頭がハッキリせず。田舎《いなか》へ帰りたくなった。坊やの胃
は相変らずわるく、終日むづかる。明日頃はなほるであらう。」

［M6、消えるように終る。］

闇。
その中で、

中也（陰の声）「十一月十日（午前九時二十分）

文也逝去《せいきょ》
ひのえ申一白《さるいっぱく》おさん大安翼《だいあんよく》　文空童子《ぶんくうどうじ》」

【M7前奏、始まる。】

中也（陰の声）「愛するものが死んだ時には、
自殺しなけあなりません。

愛するものが死んだ時には、
それより他に、方法がない。

けれどもそれでも、業（?）が深くて、
なほもながらふことともなつたら、

奉仕の気持に、なることなんです。
奉仕の気持に、なることなんです。」

※詩「春日狂想」より

N「愛する我が子、文也の死――
青春のはじめの日から、恋人を失い、友をなくし、いつも何かに裏切られてきた中原中也が二十七歳にしてやっとつかんだ生きることのあかし、これだけは自分を裏切らないと、大きな夢を託した文也が今、突然、自分の手からうばいとられたのです。中也の神経は乱れ、心はあやしげな幻想でうずまります。」

［M7高まり、悲劇的に］

［激情もしだいにおさまり］

N「やがて、幻想もしずまり、中也の心の中には、在りし日の思い出、あの、なつかしいふるさとでの体験が、鮮かにうかび上ります。」

M7「冬の長門峡」

長門峡に、水は流れてありにけり。
寒い寒い日なりき。

われは料亭にありぬ。
酒酌みてありぬ。

われのほか別に、

客とてもなかりけり。
水は、恰も魂あるものの如く、
流れ流れてありにけり。

やがても密柑の如き夕陽、
欄干にこぼれたり。

ああ！　――そのやうな時もありき、
寒い寒い　日なりき。

［M7後奏］

N「昭和十二年一月、神経衰弱が昂《こう》じ、千葉寺療養所に入院、そして翌二月に退院……心身共に疲れきった中也は、しだいにふるさと山口への帰郷を想うようになります。これまでの東京の生活を一切整理し郷里に帰り、もう一度新たに出なおそうと、かたく心に決めます。しかし、死はすでに中也をしっかりととらえていました。第二詩集『在りし日の歌』の編集も終り、いよいよ山口に帰ろうと決めていたその十月に、鎌倉の地で三十年の短い生涯を閉じるのです。」

［M7、しだいに高調し、アタッカで］

■エピローグ

M8「別離」より

さよなら、さよなら！
　いろいろお世話になりました
　いろいろお世話になりましたねえ
　いろいろお世話になりました

さよなら、さよなら！
　こんなに良いお天気の日に
　お別れしてゆくのかと思ふとほんとに辛い
　こんなに良いお天気の日に

［M8、間奏に］

中也（ステージ下手に登場）

「私は今、此の詩集の原稿を纏《まと》め、友人小林秀雄に托し、東京十三年間の生活に別れて、郷里に引籠るのである。……扨《さて》、この後どうなることか……それを思へば茫洋とする。
さらば東京！　おおわが青春！」

※詩集「在りし日の歌」後記より

さよなら、さよなら！
　そして明日《あした》の今頃は
　長の年月見馴れてる
　故郷の土をば見てゐるのです

さよなら、さよなら！
　あなたはそんなにパラソルを振る
　僕にはあんまり眩《まぶ》しいのです
　あなたはそんなにパラソルを振る

さよなら、さよなら！
さよなら、さよなら！

完

組曲 「吉田松陰」

一九八〇年作

○凡例

M…音楽

MT1…千代のテーマ。　MT2…松陰のテーマ。

○初演

山口芸術短期大学定期演奏会／一九八〇年十月二十二日　於山口市民会館大ホール

○東京公演

山口芸術短期大学演奏会／一九八一年十月二十一日　於東京・虎ノ門ホール

企画／石井洋之助

作曲／岡田昌大

ソプラノ・ナレーション（千代）／中沢　桂

ナレーション（松陰）／山本　學

バリトン／長井則文

コンサート・マスター／石井志都子

＊

ソプラノ／坂井千寿

テノール／久保田　誠

ナレーション（千代）／小田敦子

ナレーション（通訳官ウィリアムス）／ケン・フランケル

ナレーション（石谷因幡守）／松坂雅治

指揮／田巻敏昭

合唱／山口芸術短大合唱団　国立音楽大学学生有志（男声）

管弦楽／山口芸術短大管弦楽団

■プロローグ

［闇。］

松陰（陰の声）「十一月二十七日と日付のある手紙、並びに九ねぶ、みかん、かつおぶしが昨晩届いた。牢の中は暗いが大がいはわかる。

千代よ、おまえの心の中を察っしやり、涙が出てとまらない。ふとんをかぶって寝てみたが何とも耐えかね、又起き出して、おまえの手紙を読み、又又涙にむせぶ……そして、そのまま寝てしまった。

まもなく眼がさめ、とうとう夜もすがら眠ることも出来ず、色々と思い出していた。

私は父上や母上のおかげで着物も暖かに給物（たべもの）もゆたかにその上、筆、紙、書物まで何一つ不足なく、寒さに負けずにもいる。

千代よ、何も心配しなくていい、おまえのおばさまが亡くなられ……」

松陰の声、絞る。と同時に、

MT1a　音楽（千代のテーマ）

誘われるように

千代が舞台下手スポットに浮かび上る。

千代「かなしいことばかりがございました。

つらいことばかりでございました。

世の中がまるで嵐のようにゆれ動く、その大きな渦の中で……私ども女は只、じっと身をかたくして耐えているばかりでございました。

でも、もう、みんなみんな遠くなってしまった、何もかもが夢のように過ぎ去ってしまいました……。

今となっては兄《あに》が牢屋の中から書いて下さった手紙が残っているばかりでございます。

私はこの手紙を何度くりかえし読んだことでございましょう。辛い時、哀しい時、私はこの手紙でどんなになぐさめられたことでございましょう。

今もなお、この手紙を読む時、私には兄の声が聞こえてまいります。生前の兄の顔がありありと浮かんでまいります。いいえ、私の胸の中には、吉田松陰というかけがえのない兄が今なお生きているのでございいます。」

■第一の章／下田踏海

［音楽MT 2a　序　始まる］

松陰のテーマ

テーマが一度、奏された後、ちょっとした間隙に、次の松陰の声が入る。

松陰（陰の声）「余に一の護身の符あり。
孟子云はく、
『至誠にして動かざる者は未だ之れ有らざるなり』と。」

これをきっかけとして、テノール・ソロと合唱によるM1の主要部に入る。

Ｍ１　至誠

「至誠にして動かざる者は未だ之れ有らざるなり」

コーラスは多声部（例えば八声部）にわかれ、
次のように切れ切れになった言葉を対位的に
たたみ重ね曲調が高まるにつれ、しだいにま
とまった文章に発展する。
あたかも、松陰の信念が形成されていく様を
象徴するかのように。
その間、テノール・ソロはコーラスの間隙を
ぬって、文章（全）を歌う。

至誠にして〳〵
至誠にして〳〵
至誠にして〳〵
動かざる者は〳〵
動かざる者は〳〵

動かざる者は〳〵

未だ〳〵

未だ〳〵

未だ〳〵

之れ有らざるなり〳〵

之れ有らざるなり〳〵

之れ有らざるなり〳〵

[M1　終る。
と、休みなく曲調は急変し、]

M2　下田踏海の状況描写

安政元年三月二十八日の午前二時頃、金子重輔と共に、下田弁天島から舟を出し、ポーハ

タン旗艦にたどりつくまでの松陰の苦闘を管弦楽でイメージ描写

夜の闇、高い波、旋回する小舟……。

［M2の間隙に例えば打楽器群の連打］

松陰（陰の声）「八ツ時、社を出でて舟の所へ往く、潮進み舟泛《うか》べり。因つて押出さんとて舟に上る。然るに櫓ぐひなし、因つてかい（櫂）を犢鼻褌《ふんどし》にて縛り、船の両旁へ縛り付け金子と力を極めて押出す。褌たゆ、帯を解き、かいを縛り又押しゆく。岸を離るること一町許《ばか》り、舟幾度か廻りくてゆく。腕脱せんと欲す。」

［M2の間隙に］

松陰（陰の声）「我が舟、ポーハタン艦の梯子段の下へ入り、浪に因りて浮沈す、浮ぶ毎に梯子段へ激すること甚だし。夷人驚き怒り、木棒を携へ梯子段を下り、我が舟を衝《つ》き出す。舟を衝き出されてはたまらずと夷船の梯子段へ飛渡り、金子に纜《ともづな》をとれと云ふ。金子纜《ともづな》をとり未だ予に渡さぬ内、夷人又木棒にて我が舟を衝き退《の》けんとす。」

［M2　激しく終る。］

■〝ポーハタン艦上〟の対話劇

松陰（下手）と通訳官ウィリアムス（上手）ステージをはさんで向い合う。

両者にスポット

松陰「大将ペルリ殿でございますか。私は……」

ウィリアムス「（さえぎって）ノウ、ノウ、私、ペルリ、ちがいます。通訳官ウィリアムス。（紙片を手にして）これ、あなたの書いたもの、（読む）「吾等《われら》欲レ往二米利堅一《メリケンにゆかんとほっす》。君幸請二之大将一《きみさいわいにこれをたいしょうにこえ》」どこの国の文字です？これ。」

松陰「もちろん、我が国、日本の国の文字です。」

ウィリアムス「ノウ、ノウ、これ、日本の文字、ちがいます。（笑いながら）モロコシの文字でしょう。」

松陰「どうか、お願い申し上げます。

我々侍《さむらい》を、いや我々書生をメリケン洲へおつれ願いたい。」

ウィリアムス「書生？　ショセイとは何です？」

松陰「書物を読む者です。本を学ぶ者です。我々はメリケンに行って学問をしたいのです。お願いです。会わして下さい。ペルリ殿に、大将殿に会わして下さい。」

ウィリアムス「ノウ、ノウ、その必要ありません。これ、あなたの書いたもの、私、ペルリ提督に見せました。私、ペルリ提督と相談しました。自分をギセイにして海を渡り、そして広く世界を見ようとするあなたの勇気、あなたの志、ヒジョウに感心しました。」

松陰「ありがたいお言葉、では、我々の望みをかなえていただけますか？」

ウィリアムス「……アイムソリー《I'm sorry》、出来ません。残念です。しかし、それは出来ません。」

松陰「何故です⁉　何故できないのです⁉」

ウィリアムス「アメリカの大将と日本の林大学頭《だいがくのかみ》、横浜で会いました。アメリカの天下と日本の天下のこと、約束しました。そして、それ故に、あなた方を秘密でつれて行くこと、できません。」

松陰「しかし、」

ウィリアムス「ウエイト《Wait》、ホア《for》、ザ《the》、タイム《time》！　待ちなさい。時を待ちなさい。日本の人アメリカに来る、アメリカの人日本に来る、来ます。その時を待ちなさい。……その時あなた来なさい」

［M3　序　始まる］

［静かに］

松陰「私には……私にはもう時がない。私はもう踏み出してしまった。国禁を犯してしまった私にはもう待っている時がない。……（初めは丁重に、しだいに激して）おねがいいたします。おねがいいたします。つれて行って下さい。私をメリケンにつれて行って下さい。（叫ぶ）我メリケンにゆかんと欲《ほ》っす！　我メリケンにゆかんと欲《ほ》っす！　君幸いに大将にこれを請《こ》え！」

ウィリアムス「ノウ《No》！　ノウ《No》!!　ゴーバック《Go back》！　ゴーバック《Go back》！　アト《at》　ワンス《once》！」

［音楽急に激して、］

M3　「吾欲レ往二米利堅一」対ゴーバック《Go back》！

「メリケンに行きたし」という松陰の欲求（テノール・ソロ）とアメリカ側の強い否定（コーラス）が真向から対立して歌われる。

日本語と英語の協奏、対立。

我、メリケンに行かんと欲す！
我、メリケンに行かんと欲す！

夷情を審《つまび》らかにせず、
何の馭《ぎょ》夷《い》ぞ

我、メリケンに行かんと欲す！
我、メリケンに行かんと欲す！

No！
Go back！Go back at once！
We can’t take you with us to the States.
Wait for the time！

［M3　終る。引き続き、］

M4　踏海失敗後

世の人はよしあしごともいはばいへ
賤《しず》が誠は神ぞ知るらん

※踏海失敗後、下田で詠んだ歌。

［M4　静かに終る。］

MT1b　音楽（千代のテーマ）

千代「兄が萩に戻ってまいりましたのは、まもなくきびしい寒さを迎えようとする秋もおそい日のころでございました。江戸の獄を出て、三百里、まるで鶏《とり》のように駕籠《かご》に押しこめられ、きびしい警固のもとにおよそ一ヶ月あまり、……それはさぞ辛い旅だったことでございましょう。萩に着くとそのまま野山の獄に入れられて、一日中、陽のささない牢獄のくらしが始まったのでございます。父も母も梅太郎お兄様も、そして玉木のおじ様も、どんなに兄の身を案じたことでございましょう。私もすでに他家に嫁いだ身とはいえ、兄の事を想うと夜もろくろく眠れず、只《ただ》、只、兄の無事息災を念ずるばかりでございました。」

〔M5　序　始まる。〕

次の松陰の声の間に、千代、ゆっくりと舞台中央へ。

松陰（陰の声）「千代よ、おまえは幼少の頃より心がけのよい者だと思い私はひとしお親しく思ってきた。
昨夜、おまえのことを思って筆をとったのだが、その同じころに手紙が届いた、おそらく誠の心が通じたのだとどんなに私はうれしく思ったことだろう。どんなに頼もしく思ったことだろう。
　頼もしや誠の心かよふらん
　　文《ふみ》みぬさきに君を思ひて」

M5　千代（ソプラノソロ）と松陰（テノールソロ）の二重唱

　頼もしや誠の心かよふらん
　　文みぬさきに君を思ひて

まず、テノールソロで、次にソプラノソロがコーラスをバックに歌いおしまいに二重唱（歌詞はくりかえされる）。第一の章の終曲にふさわしく、しみじみと松陰と千代の兄妹愛の心情が歌われる。

［M５　終る。］

■第二の章／松下村塾及び再入獄

［音楽M６　始まる。］

M６　士規七則より（その一）

言葉は朗読するでもなく歌うでもなくレシタティーボ的に音楽空間の一つの構成要素とし

て扱われる。

一《ひとつ》、凡そ生れて人たらば、宜《よろ》しく人の禽獣《きんじゅう》に異る所以《ゆえん》を知るべし。蓋《けだ》し人には五倫あり、而して君臣父子を最も大なりと為す。故に人の人たる所以は忠孝を本と為す。

一、士の道は義より大なるはなし。義は勇に因《よ》りて行はれ、勇は義に因りて長ず。

［MT 1c 間奏］

例えば、打楽器群の連打、生命感に躍動、どこかコミカルでもある。そのリズムに乗って、音楽（千代のテーマ）が重なる。千代のNの途中で絞る。

千代「安政三年、七月の頃でございましょう。野山の獄を出て、父や母のもとで謹慎の身であった兄が、やがて、近所の子弟を集めて松下村塾を開くようになったのでございます。塾と申しましても初めは物置小屋を造りかえた粗末なものでございました。それでもお弟子様はつぎつぎと増え、多い時には五十人から六十人の門下生が集まるという賑わいでございました。……私どもも月に一度、因会《ちなみ》と申しまして、身内の女ばかりが集まり兄の話を聞く会がございました。……今でもよく覚えています。母が、お台所の片付けを急ぎ、濡れた手を拭き拭き『そら、松陰お兄様のお話が始まりますよ。』といそいそとお部屋に向かわれた姿を……

［再び、音楽Ｍ６　間奏入り］

思えばこの頃が、兄にとっても杉の家にとっても一番幸せな時でございました。」

Ｍ６　士規七則より　（その二）

一《ひとつ》、人古今に通ぜず、聖賢を師とせずんば、則ち鄙夫《ひふ》のみ。読書尚友は君子の事なり。
一、徳を成し材《ざい》を達するには、師恩友益多きに居り。故に君子は交游《こうゆう》を慎む。

［M6　終る。］

［MT1d　音楽（千代のテーマ）］

千代のNの途中で絞る。

千代「この幸せな時もつかのまでございました。

世の中が何か怖ろしいいきおいで移り変わっていくのでございましょう……

やがてこの松下村塾からお弟子様たちが、次ぎ次ぎと江戸に旅立って行かれる時がまいります。

安政五年、二月には久坂玄瑞《くさかげんずい》様、七月には入江杉蔵《いりえすぎぞう》様、そしてそのすぐ後を追うように高杉晋作《たかすぎしんさく》様が兄の大きな期待と使命をになって、勇んで江戸への旅に立たれたのでございます。……兄がこの方々に託した夢はどんなに大きかったことでございましょう。一人一人に心のこもった励ましの言葉を書き綴るのでございました。」

［M7　始まる。］

M7「杉蔵往け!!」

松陰が青年達に送った「送序」の辞はいずれも「往《い》け」という言葉が入る力強いもの。名文の評高い、この入江杉蔵あての送序で代表させる。

※尚、入江は松門四天王の一人。

松陰（陰の声）「杉蔵往《い》け！　杉蔵往《い》け！」

月白く風清し、飄然《ひょうぜん》馬に上《また》がりて、三百程《てい》、十数日、酒も飲むべし、詩も賦すべし。

今日の事《こと》誠に急なり。然《しか》れども天下は大物なり、一朝奮激の能《よ》く動かす所に非《あら》ず、其《そ》れ唯《た》だ積誠之《こ》れを動かし、然《しか》る後《のち》動くあるのみ。

［M7　終る。と休みなく急に音楽、暗転］

M8　間奏曲

救いのない暗い心象が管弦楽で暗示され、やがて例えば打楽器群の狂乱、連打で、次の松陰の声が誘導される。松陰の声の間、無気味に打楽器は鳴りつづける。

松陰（陰の声）「私は再び牢獄に入れられることになったが、その理由は何か？　その罪は何か？　しつように問いただされなかったのは私の一生の不覚であった。
毛利家には多くの家来がいるのだから私一人だけが忠臣というわけではない。しかし今正義に逆らおうとする焔は誰が煽り立てたのか。私ではなかったか。この私がいなかったら、この火は、この焔は千年の後にも燃え上らなかっただろう。私がいるかぎりこの逆焔はいつもあばかれることになる。」

［MT 1e　千代のライトモチーフ。あらわれるが次の千代のNと共にすぐに消える。］

千代「何ということでございましょう。
松下村塾が、兄があれほど精魂をかたむけた松下村塾が急に閉鎖を命ぜられ、そして兄は再び野山の獄に入れられる事になったのでございます。安政五年、年の暮もおしせまった十二月二十七日の夜のことでございました。
兄がどんなにくやしがり、お弟子様方や家族の者がどんなに悲しんだことでございましょう。……でも、全《すべ》てはせんかたないことでございました。

［M9　音楽〈間奏曲〉入る。〈雪が降りしきる情景〉］

知らせを聞いて集まって来た多くの方々と盃をくみかわし、かなしい別れの宴《うたげ》をあとに、兄を乗せた駕籠《かご》は静かに野山の獄へと向かいました。
雪が……音もなく雪が降りしきる、淋しい、……それは言いようもなく淋しい夜でございました。」

M9　間奏曲

ロマンのある、雪の情景音楽の中にまもなく、暴力的に打楽器がわりこみ、絶望的に暗い心象風景が管弦楽で表現される。狂の人松陰、そのデモニッシュなイメージを暗示、……やがて、打楽器群だけが残り、その無気味な連打の中で、再び松陰の声が入る。

松陰（陰の声）「忠義というものは、鬼の留守の間に茶にして呑《の》むようなものではない。そんなのんびりしたものではないのだ。江戸にいる久坂・中谷・高杉などもみな私とは考えが違っている。その違いは何か？　私は忠義をなすつもりだが、彼らは功業をなすつもりだ。その点にある。」

弟子に裏切られたと考える松陰は、ここで孤独地獄に突きおとされている。「松陰（陰の声）」の間、鳴っていた打楽器に再び管弦が加わり、救いのない暗い情念が激しく奏される。そして音は太く強く、急に中断する。

［沈黙］

やがて千代のNに入るが、ここでは千代のライト・モチーフは鳴らない。

千代「大変なことが起りました。

兄が、食事を絶《た》ったというのでございます。

失意のあまり、とうとう牢の中で自ら命を絶とうと、昨日から、食べ物も飲み物も一切を口にしていないというのでございます。

その知らせが牢獄から届いた時の私どものおどろきは、……あまりのことに目の前が真暗になるような気がいたしました。父も玉木のおじ様もすぐにいさめの手紙を書こうとします……

そして、その時でございました。

母が、……母が生れて初めて、兄に手紙を書こうと筆を持ったのでございます。拙《つたな》い字ではございましたが。それでも習い覚えた字を思い出しながら懸命に兄に語りかけました。『決っして死んではなりません』と、切々と、自分の気持を訴えるのでした。……」

［M10　前奏、始まる］

［以下、千代が母の文を読む］

「一寸申し参らせ候。そもじ様いかがおくらし成《な》され候や。さきほどにふりよ（不慮）のことうすうすみみ（耳）に入り、あまりきづかはしさに申し進じ参らせ候。

きのふよりはお食事お絶ちとか申すことのよし、おどろき入り候。万一それにてお果てなされ候ては、不孝第一、口惜しき次第に存じ参らせ候……」

［千代、涙でつまる］

M10「母の手紙」（ソプラノ・ソロ　千代）

母の手紙の後半が千代の歌うソプラノ・ソロに昇華。コーラスがハミングで入る。

「母ことも病ひ多く弱りをり、永生きもむつかしく、たとへ野山やしきにお出で候ても、ご無事にさへこれあり候へば精になり候まま、短慮おやめお氷らへのほど祈り参らせ候。
この品わざわざととのへさし送り候まま、母に対しお食べ頼み参らせ候。いくへもいくへもお心ひきかへ、かへすがへすも祈り参らせ候。　　めで度く、かしこ」

［M10（祈るように）終る。］

■第三の章／江戸檻送・殉難

松陰（陰の声）「千代よ、寿《ひさ》よ、そして文《ふみ》よ、我が妹達に告げる。

私はこのたび、江戸へ呼び出されることになった。それがいかなる理由によるものか、私にはわからない。しかし五年や十年で帰郷できるとも思えない。まずは再び帰ることはないものと覚悟を決めている。

たとえ命を捨てようともそれが国のために役立つことになれば、私は本望だ。

ご両親さまへの親不孝についてはおまえたちが私のかわりに尽くしてもらいたい。

しかしご両親さまへ孝行するといっても、おまえたちにはそれぞれ自分の家があることなのだから……」


松陰の声、途中で絞る。

ステージはいつのまにか明るくなっている。

（松陰の声の途中でゆっくりF・I）

M11⑴　松陰のテーマによる管弦楽

終章「第三の章」の冒頭にふさわしく、すでに聴衆に周知の松陰のテーマが威風堂々と、あるいは悲劇的な色調を帯びて全合奏で鳴る。やがて、「松陰のテーマ」M11⑴に、いつのまにか、「千代のテーマ」がしのび込み、重なり、

M11⑵　松陰と千代、二つのテーマによる協奏管弦楽

［M11⑵後奏］

しだいに千代のテーマが優勢になり、……やがて松陰のテーマは完全に消え、ディミネエンドした単独の千代のライト・モチーフに誘われて、

［千代のN

音楽は途中で消える。］

千代「それは、野山獄のお役人、福川様のおなさけでございました。兄がいよいよ江戸に送られるという前の日の夜、せめて一夜なりとも家族と共に過すようにと、兄は家に帰ることが許されたのでございます。知らせを聞いて、次ぎ次ぎと集まってくるお弟子さまたち、そして身内の者たちと一緒に、ささやかながらもしみじみと心の通う、別れの宴《うたげ》がひらかれたのでございます。……やがて、宴も終り、兄は私どものわかしたお風呂に入りました。そのお風呂の焚き口で、ふと私は、母のまるでひとり言《ごと》のような言葉を耳にしたのでございます。『大二郎、お願いです。もう一度、江戸から帰り、機嫌のよいそなたの顔を見せておくれ。』『あたりまえですよ、母上、必ず達者で、もう一度母上の顔を見に帰ります。必ず帰ります。』今から思うとこれが、私が耳にした兄の最後のことばでございました。

［M12　序奏、始まる。］

雨がしとしとと降りしきる五月二十五日の明け方、兄は再び野山の獄に戻り、腰縄を打たれ、唐丸駕籠《かご》に押しこめられ、きびしい警固のもとに、遠く江戸へ江戸へと送られて行ったのでございます。」

松陰（陰の声）「帰らじと思ひさだめし旅なればひとしほぬるる涙松かな」

M12　江戸檻送（萩より江戸まで）

以下M12（その1）～（その4）まで、四つの和歌が続けてうたわれる。和歌と和歌のつなぎ、又は和歌のバックの管弦に駕籠でゆられて行く「旅の人、松陰」の心境、又はそのリズムが暗示される。

※萩より江戸まで約三百里、その道中、松陰は多くの漢詩や和歌をうたっている。中間としてもぐっている門弟あるいは関係者がそれを筆記したらしい。

M12　その1

「帰らじと思ひさだめし旅なれば
ひとしほぬるる涙松かな」

旅に出る者が、萩城下の景色をふり返り、涙ながらに別れを惜しむところから、そこにある松の大樹が涙松と呼ばれる。

M12　その2

「夢路にもかへらぬ関を打ち越えて
今をかぎりと渡る小瀬川《おぜ》」

小瀬川は、岩国と大竹の間を流れる川。防長の国への惜別をうたう。

M12　その3

「安芸《あき》の国昔ながらの山川に
はづかしからぬますらをの旅」

M12　その4

「帰るさに雁《かり》の初音を聞き得なば
　わが音づれと思ひそめてよ」
品川にて、護送の人々に別るとて、よんだ歌。

［間奏（例えば、打楽器と管のソロ）**］**

今までの悲愴感はありながらもややロマンティックな曲調が急変し、冷たい曲調。夢からさめて現実に引き戻される。

石谷因幡守《いしがやいなばのかみ》（いつのまにかステージ上手に立っている。）
「吉田寅次郎事《こと》御尋ねの儀あり、九日五ツ時遅れざる様評定所《ひょうじょうしょ》へ罷り出ること。くりかえす。」
（くりかえす）

〈〈〈

七月八日
江戸町奉行　石谷因幡守」

M12　終曲　その5

「待ち得たる秋のけしきを今ぞとて
　勇ましく鳴くくつわ虫かな」

江戸藩邸に入った松陰にいよいよ呼出状が来た。待ちかまえていた松陰の勢い立つこころが歌われる。M12（江戸檻送）全体をしめくくる。

［M12　終る。］

■評定所に於ける対話劇

［松陰（下手）と石谷因幡守《いしがやいなばのかみ》（上手）ステージをはさんで向い

合う。」

石谷因幡守はすでにM12の間奏時で登場している。呼出された松陰が下手にあらわれるといった格好。

因幡守「吉田寅次郎、その方にいささか不審の儀あり、これより詮議をいたす。先年、梅田源次郎が長州におもむいた時、その方、彼と会った覚えがあろう？　その折、何をひそかに密談いたしたか有ていに申し立てよ。」

松陰「別に密談はいたしません。学問の話や、禅の話をしたまででございます。」

因幡守「だまれ!!　その方たちがひそかに時局を論じ、不穏をたくらみしこと、明らかなり。お上には明白な証拠がある。」

松陰「証拠!?　証拠とは何でございますか？」

因幡守「これだ（紙片を示し）その方、これに覚えがあろう。恐れ多くも天子様のお目にとまるよう、先ほど御所内に落ちていた『落文《おとしぶみ》』である。吉田寅次郎!!　これはその方が書いたものにちがいあるまい。」

松陰「全く身に覚えなきこと。私のものではございません。」

因幡守「梅田源次郎が白状に及んでいるのだぞ！　梅田源次郎はその方の同

志であろう。その同志が、この文《ふみ》は確かに吉田松陰が書いたものであると申し立てているのだぞ！」

松陰「お待ち下さい。今、お奉行は源次郎と私が同志だと言われた。なるほど私は梅田源次郎を知らないわけではありません。しかし、彼はすこぶる尊大な人物、人を見ること小児のごとしで、かねがね私は彼を好んでいません。彼と共に事をなすことは好みません。私は私のやり方で事をなしてまいりました。」

因幡守「……（急に調子を変えて、やわらかく）なるほど、……さもあろう。同じ国を憂うると言ってもその方の憂国は源次郎の如きものとは異るのかもしれぬ。どうだ、吉田寅次郎、我々はその方が長年にわたり、誠をもって国を憂い、大いなる辛苦をしたと聞いている。これは吟味の筋ではないが、その方が考え、その方が為してきたことを、この際、至誠を以て述べてみてはどうか？」

M13「至誠にして……」

［（第一の章のM1）のモチーフによる管弦］

初めは静かに流れはじめ、しだいにモチーフが重なり高潮し、そのクライマックスで、急にぶっ切れるように音がやむ

松陰、その沈黙の中で、言ってはならぬことを口にする。

沈黙

松陰「昨年の十一月でございます。幕府の老中間部《まなべ》侯が京に上り、朝廷をまどわしていると聞くに及びました。私は憤激のあまり、同志と連判し、一同ひきつれ京に上り、間部老中をお諫《いさ》め申し上げようとしました。しかし、それはなすこと能わず、私は藩命により捕えられ獄につながれることになったのでございます。」

因幡守「その方は今、間部老中をおいさめ申すつもりであったと申したな。では、尋ねる。もしも間部老中が、その方のいさめを聞かれなかった時、その方はどうするつもりであったのか？　吉田寅次郎！　重ねて尋ねる。老中がその方の言に耳をかたむけられなかった時、その方どうするつもりであったのか？　答えよ、松陰！」

［音楽、激しく入る。（アクセント効果）］

［M14　前奏］

因幡守「その方、刃を向けるつもりであったな⁉」

松陰「そうは申しておりません。その時どうするかは考えておりませんでした。」

因幡守「だまれ！　だまれ！　吉田寅次郎、その方が国を思う誠はよくわかる。なれども間部どのは老中という公儀の重職、この重職を暗殺せんとするは、天下を恐れぬ前代未聞《もん》の大胆不敵、十分覚悟があってしかるべきであろう。」

松陰「お待ち下さい。私の言うことをお聞き下さい。」

因幡守「ひかえろ！　松陰！　吟味中 揚屋《あがりや》入りを申し付ける。者共、この乱心者を引ったてい！」

［音楽激しくなり二人の対話もほとんど聞こえない。］

M14　殉難

「至誠にして……」のモチーフ及び「松陰のテーマ」が、激しく錯綜し、松陰の悲劇的な心情が描かれる。
石谷因幡守は退場し、吉田松陰はそのまま、
下手に残る。

［引き続き
M15　前奏、始まる。］

松陰（下手）
「身はたとひ武蔵の野辺に朽ちぬとも
留《とど》め置かまし大和魂」

M15　辞世のうた

吾今為国死　われいま国のために死す。
死不負君親　死して君親にそむかず。
悠々天地事　悠《ゆう》々たり天地の事、
鑑照在明神　鑑照、明神に在り。

※松陰辞世の詩、死刑申渡しの文を聞き、刑場に向う途中、朗々と吟誦したといわれる。

［M15　終る］

■エピローグ

MT 1f　音楽（千代のテーマ）

意外と明るい

それに誘われるように下手に千代が立つ。

千代のNの途中で音楽絞る。

千代「ふしぎなことがございました。母の枕もとに、兄が帰ってまいったのでございます。丁度その頃は不幸が重なり、梅太郎お兄様も弟の敏三郎も病に伏せり、その看病に母は二人の側を片時もはなれず心根をつかいはたしておりました。その疲れがでて、ついうとうととねむった時、『母上、只今、帰りました。』と、それはそれは元気な様子で兄が枕元に立ったのでございます。『まあ、うれしい』思わず母が声をかけようとするとすうっと兄の影は消え、そのまま夢は醒めてしまいました。

［M16　前奏、始まる。］

江戸から便りが届いたのは、そんなことがあって二十日あまりすぎた日のことでございます。刑場の露と消えた、兄の最後を伝える、それは、悲しい知らせでございました。……ふと母は先きの日の夢を思い出し、指折り数えてみれば、日も時も寸分たがわず兄の最後の時と同じだったのでございます。そうです。兄は帰ってまいったのでございます。約束どおり母のもとに帰ってまいったのでございます。」

松陰（陰の声）（かすかに、しかしはっきりと聞こえてくる。）

「親思ふこころにまさる親ごころ
　　けふの音づれ何ときくらん」

M16　フィナーレ・序

［千代のソプラノ・ソロ］

［コーラスをバックに千代、ステージ中央で歌う。］

「親思ふこころにまさる親ごころ

けふの音づれ何ときくらん」

歌い終った後、千代は客席の中にあたかも松陰が居るかのように語りかける。

千代「お兄様、それから後《のち》も、千代にはかなしいことばかりがございました。辛いことばかりがございました。でも千代はお兄様の言いつけどおりいっしょうけんめい耐えてまいりました。いっしょうけんめい生きてまいりました。そして、千代は幸せでございました。吉田松陰というすばらしいお兄様をもった千代は世の中の誰よりも幸せでございました。……お兄様、ほら、聞こえますか？　新しい時代の足音が、新しい世の中が、お兄様があれだけ望んだ自由な美しい世の中が、千代にはもうすぐそこに来ているように思われます。」

M17　フィナーレ

〔大合唱、大合奏でフィナーレをもりあげる。
松陰のテーマ。
千代のテーマ。

至誠のモチーフ。」

そしてどこかに新しい時代の到来を予感させる、〝曙光〟が感じられる終曲。

完

「三子への教訓状」より

交声曲　「毛利元就」

一九九九年作

○凡例

N…ナレーション。本作品ではドラマの進行役、ステージ下手に登場。

対する「毛利元就」（本人）の語りは上手で。

M…音楽

BGM…バックミュージック、背景音楽

○初演　山口芸術短期大学　開学三十周年記念特別演奏会／一九九九年十月三十日

於山口市民会館大ホール

作曲／田中照通

ナレーション（毛利元就）／水谷貞雄

笙／宮田まゆみ

ソプラノ／坂井千寿

テノール／久保田　誠

ナレーション／大林　綾

指揮／田中照通

山口芸術短大合唱団　山口芸術短大管弦楽団

■プロローグ

合唱、管弦楽、板付。

指揮者、独唱者、ナレーター登場。

ステージを少しF・O。

ナレーター（下手）にスポット。

以下「父のおしえ」のナレーションが始まるが、すぐにそれを追っかけるように、音が加わる。それはコミカルな、あるいは幾分シニカルな、どこかメルヘン的な音の戯れ。（BGM1）

〔（BGM1）始まる。〕

N「父のをしへ
むかし、或さむらひが三にんの子どもを集めて矢を一本づつわたして、『これを折つてみよ。』と言ひました。三にんはやすく〳〵とそれを折つてしまひました。今度は三本の矢を一たばにして、『これはどうだ。』と言つてわたしましたので、かはる〴〵折らうとしましたが、誰にも折ることが出来ませんでした。その時父は『一つづつなら弱いものでも、一しょにすると強い。お前たち兄弟もたがひに仲よくし、力を合はせてはたらけば、この家をさかんにすることが出来る。』とをしへました。」

（尋常小学読本より）

※大正八年（一九一九）の文部省編纂『尋常小学読本』より。尚、原文は「大ぜいの子ども」「兄弟の数だけの矢」とあるが、ここでは「三にんの子ども」「三本の矢」などに変更。

［薄暗かったステージ、ゆっくりとF・I。］

［（BGM1）終る。］

「音のたわむれ」がしばらく尾を引いているが、突如、そのメルヘン的ムードを打ち砕くように、全管弦楽のフォルティッシモ（*ff*）、衝撃的な音が鳴り響き、交声曲「毛利元就」が始まる。

序曲「修羅」

戦国乱世の時――それは弱肉強食、下克上、血で血を洗い、骨肉相食む、まさに闇夜「修羅」の世界である。そのまっただ中を、一羽の大鷲のように飛翔していく毛利元就。間隙を縫って、元就の風貌が紹介される。

N「眼の光は鋭く、
声は大きく、狼《おおかみ》の声に似て、雷《かみなり》の響くがごとき。
顔長く、鼻は高い。
頰髯《ほおひげ》は左右に分かれて生い茂り、
一度《ひとたび》怒りを発せば、その髯《ひげ》は逆《さか》しまに縮み上がった。」

［序曲「修羅」終る。］

毛利元就（六十一歳）、上手に登場。

元就「隆元《たかもと》よ、元春《もとはる》よ、そして隆景《たかかげ》よ、わしもいつのまにか年をとってしまった。できることならこの辺《へん》で身を引き、ゆっくりと余生を楽しみたいものだがのう、どうやらそれも今の世のありさまでは、ままならぬようだ。何度くりかえし申し述べても同じことだろうが、お前たち三人に、今、どうしても言っておきたいことがある。どうか、この元就の申すこと、心して聞いてくれ。

［（BGM2）始まる。］

わしはのう、二十歳《はたち》の時、兄の興元《おきもと》に死に別れ、それから今日《こんにち》までの四十年余《あま》り、大波小波に揉《も》みに揉まれ、数多くの敵と戦いながら、そんな嵐の中を何とか巧《うま》くすり抜けてきた。

ふしぎなことよのう。格別心がけがよいわけでもなく、格別体が丈夫というわけでもないのに、なんでこのわし一人だけが巧《うま》くすり抜けてこられたのだろうか、自分でもわからんのじゃ。

ほんに、ふしぎなことよのう……」

［（BGM2）終る。］

M1　尼子の襲来――百万一心

「ふしぎなことよのう」の元就の詠嘆を突き破るように突然、コーラス団の中に悲鳴が起り、十七年前の出来事、出雲の尼子の襲来と攻防（天文《てんぶん》九年―元就四十四歳）がよみがえる。例えば、コーラスが大きなグループと小さなグループに別れ、声の協奏、つまり声によるコンツェルト・グロッソ（合奏協奏曲）といった趣き。叫び声、悲鳴、呼びかけの重なり。


N「出雲の若き闘将《とうしょう》、尼子詮久《あまごあきひさ》が三万の大軍を率《ひき》いて郡山城《こおりやま》に攻め寄せてきたのは天文九年八月のことである。

対する毛利の兵《へい》はわずか二千四百、この怒濤のように押し寄せる敵の襲来に、どう立ち向かうか。毛利元就が最初に出会った大きな試練であった。元就は城下に住む民《たみ》百姓、すべての領民を城の中に招き入れ、武士も農民も一致協力、すべての力を結集して、みごと敵を撃退する。

『百万一心《ひゃくまんいっしん》』

『百万一心』

これこそが元就の生涯をつらぬいたモットーであった。」

百万一心
百万一心

多くの者が力を合わせて
一つの心に
一つの心に

一日一力一心
一日一力一心

尼子殿は雲客
引き下ろして
ずんぎり曳こ曳こ

【M1　終る。】

※「百万一心」は「一日一力一心」と書かれていて「いちにちいちりきいっしん」とも読める。元就が仕掛けた謎ではないかと言われる。意味は、「一」を「同じ」と取り「日を同じくし力を同じくし、心を同じくする」となる。智将元就の作った名スローガン、ともいうべきか。

※城の中に招き入れられた民百姓たちが手拍子を打ちながら歌い出したもの、出雲から来た尼子は雲客、その客を雲の上から引きずり降ろして、のこぎりで引こう引こうという意味。「百万一心」が民衆のエネルギーとして歌に昇華。

N「天文《てんぶん》十四年十一月三十日、元就の妻、妙玖《みょうきゅう》が病気で没す。享年四十七歳。
妻を亡《な》くした元就の悲しみはことの外《ほか》大きく、三日三晩泣き通し、『お屋形《やかた》様は四十九日の中陰《ちゅういん》まで呆《ほう》けなされた』、つまり魂を失った人形のようであったというのが、もっぱらの城下での噂であったという。」

元就「あの頃、わしは妙玖のことばかりを思っていた。亡くなったおまえたちの母親がいとおしうていとおしうてのう、……いや、今でもなお妙玖のことがなんともなつかしく思い出されてならないのだ。もしも、あれが今も生きていてくれたら、そうだ、今、わしがおまえたちに申し述べようとすることも、きっと、あれが同じことを言おうとするにちがいない。おまえたちよ、どうか亡き母、妙玖のことを忘れないでもらいたい。どうか亡き母の供養を怠らないようにしてもらいたい。

［M2　始まる。］

今にして思えば、心おきなく何事《なにごと》も話し合うことができたのは、ほんに、妙玖ただ一人であった……」

M2「忍びまでにて候」

（元就のカヴァティーナ）
例えば、テノール独唱とコーラス

毎々、妙玖の事のみ忍びまでにて候
（いつも妙玖のことばかり思い出している）

（コーラス）
（妙玖妙玖妙玖妙玖妙玖
妙玖妙玖妙玖妙玖妙玖
妙玖妙玖妙玖妙玖妙玖）

毎々、妙玖の儀存ずるばかり候（いつも妙玖のことばかり考えている）

毎々、妙玖の事のみ忍びまでにて候

「M2　静かに終る。」

……と、ほとんど休みなく、衝撃的な音が
フォルティッシモで鳴り響く。

「(BGM3)始まる。」

「語り」と「衝撃音」との精神的な緊張的対
話

N「天文《てんぶん》二十年八月二十八日、陶晴賢《すえはるかた》、謀叛《むほん》！　主君大内義隆《よしたか》を襲撃。」
「同年九月一日、大内義隆、長門深川《ふかわ》の大寧寺《たいねいじ》で自刃《じじん》。享年四十五歳。」

衝撃的なひびき、しばらく続く。つまり時間
(年月)経過——闇の音空間。
(BGM3)の最後の衝撃音のあとすぐに

N「天文二十三年五月十二日、毛利元就、出陣。佐東銀山《さとうかなやま》城をくだし己《こ》斐《い》城、草津《くさつ》城を攻略、一気に厳島《いつくしま》を占領し、陶晴賢との全面対決に入る。」

元就「戦いというものは、軍勢が多いか少《すく》ないか、そんなことは問題ではないのだ。味方同士が一致団結した時は、敵がどんなに多くても少しも恐れることはない。それに、戦いというものはのう、かんじんなのは〈はかりごと〉。昔からはかりごと多きは勝ち、少なきは敗《ま》ける、と言うではないか。ひとえにひとえに、武略《ぶりゃく》、計略《けいりゃく》、それに調略がかんじんなのだ。」

M3「調略」

交響曲でいえばスケルツォに相当する部分。声は、朗読するでもなく歌うでもなく諧謔的な器楽とあいまって、一種独特な、流言飛語、ゴシップが伝播する状況を暗示する曲。

声〈流言飛語〉「元就は
元就は　元就は……
願っている

願っている　願っている……

〔太く明確に〕
『元就は願っている』
陶殿が
　陶殿が　陶殿が……
厳島に
　厳島に　厳島に……
渡らないことを
　渡らないことを　渡らないことを……
　　願っている
　　願っている　願っている……

〔太く明確に〕
『元就は願っている。陶殿が厳島に渡らないことを』

中間部にテノール独唱で元就の本心が吐露される。つまりこの中間部をはさんだ前半、後半のコーラスの声は、元就のしくんだ調略、

陶軍を厳島におびき出そうとする流言飛語を
表わす。

（テノール・元就の本心）
恐れ多くも、厳島大明神
願わくば
陶晴賢を、
厳島に渡らせたまえ
厳島に誘いたまえ

Ｎ「天文二十四年九月二十一日、陶晴賢、厳島に渡る。」

【Ｍ３　終る（最後の終結アクセント和音）】

Ｎ「二万の軍勢を率《ひき》い五百艘《そう》の船を連《つら》ね、厳島大元浦《おおもとうら》に上陸、ただちに塔《とう》ノ岡《おか》に本陣を敷《し》く。」

M4「夜の嵐の渡航」

［M4　不気味に始まる］

N「毛利元就、地御前火立岩《じごぜんほたていわ》に三千五百の兵を集め、九月晦日《みそか》、日没を待って厳島への夜の渡航を開始。折《おり》しもにわかに空かきくもり、風雨激しく、海上は大嵐となる。」

元就（陰の声）「いいか、全員、縄のたすきを二つ巻きつけろ。餅と焼飯を一袋ずつ腰に下げよ。船の中では一切声を立ててはならぬ。明《あか》りは、この元就の船のみ、この灯《ひ》を追って後《あと》に続くのだ。

風よ、吹け吹け！
雨よ、降れ！
この大嵐こそ、天の助け。
陶晴賢め、よもやこの嵐の中を渡るとは思うまい。」

夜の闇、吹きすさぶ風、雨。山のような波が荒れ狂う中を必死で渡航を企てる毛利軍団の苦闘が管弦楽で描かれる。

［M4　おだやかに終る。］

元就（陰の声）「みなの者、よく聞け。
今、我らがかけ上がったこの山は博奕尾《ばくちお》という。
先ほど船から上がったところが鼓ヶ浦《つづみがうら》、縁起《えんぎ》がいいではないか。鼓《つづみ》も
博奕《ばくち》も打つものじゃ。
今こそ我らは討《う》つ、討つ、討ち勝つのだ。
いいか、味方同士の合《あい》言葉は、『勝つ』。
『勝つ』と呼びかけ『勝つ』と答えよ。
いざ、出陣！」

M5「厳島合戦――鎮魂の舞楽」

声「勝ァつ！」
「勝つ、勝つ」
「勝ァつ！」

※厳島の東岸（鼓ヶ浦）に上陸した毛利勢は夜を徹して、松明の明りを頼りに山をよじ登り、夜明けを待つ。陶の本陣の背後の山の上から逆落としに山をかけ下り急襲しようとする作戦。

「勝つ、勝つ」

声「勝ァつ！」

「勝つ、勝つ」

「勝ァつ！」

「勝つ、勝つ」

※戦いは、朝早い時間の急襲であり、毛利軍の巧みな挟撃にあい、陶の大軍はほとんど一矢をむくいることのできないまま敗走。怒濤のような毛利勢の前にあえなく滅ぼされる。

戦いのむなしさ、悲哀の曲調の中で

N「陶晴賢、厳島大江浦《おおえのうら》まで逃《のが》れるが、力尽《つ》き遂に自刃《じじん》。享年三十五歳。陶軍の死者、その数四千七百。」

［M5の前半　終る。］

N「元就、島内に散乱する敵味方の屍《しかばね》を対岸の大野浦《おおのうら》に運ばせ、血に染まる土砂を海に捨てさせる。社殿回廊《しゃでんかいろう》をくまなく潮水で洗い清め、しかるのち、社殿に詣《もう》でて、舞楽を奉納。」

［M5後半　始まる。］

［M5後半　終る。］

M6　三子への教訓状

それは次の「M7終曲」の始まりにふさわしく、又交声曲「毛利元就」のこれまでの流れを総括するような、威風堂々として悲劇性を帯びた全管弦楽による「咆哮」。

急に曲調が*ppp*になり、不気味な音空間の中で、元就の「三子への教訓状」の要諦が語られる。この交声曲のもっとも重要なテーマ、元就の真情がはじめてここで吐露される。

元就「これまで、わしは、思いのほか多くの人を殺《あや》めてきた。多くの人間の命《いのち》を奪ってきた。それ故、因果応報、この報《むく》いは必ずあるにちがいない。だいたい、我が毛利家をよかれと思っている者は、よその国はもちろんのこと、我が領内にだって誰一人居ない、いや、この毛利家の中にだって、わしのことを悪く思っている、わしをうらんでいる者がいるにちがいない。

だから、隆元《たかもと》よ、元春《もとはる》よ、隆景《たかかげ》よ、今、一番大事なことは、おまえたち三人が力を合わせ心を一つにすることだ。兄弟三人が仲良くして、毛利の家《いえ》をしっかり守り抜いていくことだ。元春《もとはる》は吉川《きっかわ》家を継ぎ、隆《たか》景《かげ》は小早川家を継いでいる。しかし、それは当座のこと。決して本家の毛利をおろそかにすることがあってはならぬ。おまえたち三人の間に、露《つゆ》ほどのすきまさえあってはならぬ。もしもそんなことがあれば、その時は全《すべ》てが滅亡するものと思え。いいか、くりかえすが、今一番わしが言いたいことは、おまえたち兄弟三人が力を合わせ、毛利をしっかり守っていくことなのだ。どうか、心を、一つにして頑張ってくれ」

［曲調がしだいに高調し、アタッカで「M7」に流れ込む。］

M7　終曲「毛利両川」

「毛利両川」のイメージが象徴的に器楽だけで繰り広げられる。これは次のエピローグ部への前奏となる。

水の流れを思わせる、なんともなつかしい曲調の中でそれからの毛利元就、その死去、その後の山口・防長の地にちなむ毛利家の歴史が語られる。

※元就の教訓をまもり、その後の毛利を支えていくのは三人の子供の結束にあるが、特に二男の吉川元春と三男の小早川隆景の活躍は、長男隆元が急逝するだけに、毛利家の発展にとって大きな意味を持つ。後世はこれを「毛利両川」と呼び、讃えている。

N「永禄九年、出雲の尼子義久《よしひさ》を倒し、毛利元就、中国十ヶ国を平定。
元亀《げんき》二年六月十四日、元就、死去。享年七十五歳。
慶長五年、関ヶ原の合戦、西軍、敗《やぶ》る。
慶長九年、萩指月山《しづきやま》に城を築く。元就の孫、毛利輝元、萩城へ移る。
安政四年、吉田松陰、松下村塾をおこす。同六年、江戸伝馬町の獄にて処刑される。
文久三年、高杉晋作、藩命により、奇兵隊をつくる。
慶応二年、第二次長州征伐。長州藩、幕府の軍勢を打ち破る。
慶応三年十月十四日、大政奉還。」

静かにNのバックを漂っていた曲調は、やがてひとつの確かな河の流れとして集結し、

■エピローグ

M7の器楽曲の上に合唱がかぶさり、ゆるやかに歌われる。

たつた河
　うかぶ紅葉のゆくへには
　　流れとどまることもあらじな
（毛利元就）

合唱が終わった後、笙が加わる。一方、管弦

※自分は、文事で知られる名門江家（大江家）の末流であるが、河にうかぶ紅葉がいつまでもとどまることなく流れていくように末代まで続いてほしいという願いをこめた毛利元就の歌。風雅な和歌のジャンルで示された武人元就の真情。

楽は、徐々に楽器の数が少なくなっていく。

元就「たつた河
　うかぶ紅葉のゆくへには
　流れとどまることもあらじな」

笙の響きだけが、あたかも永遠の水の流れを
象徴するかのように、たゆたいながら……

完

合唱組曲「漂泊の俳人　山頭火」

二〇一一年作

○凡例
M…音楽。
山頭火N…山頭火（山本　學）のナレーション。
○初演　第十回防府音楽祭／二〇一一年一月十日　於　防府市公会堂
音楽祭十周年記念作品　防府市公会堂開館五十周年記念
企画／田中雅弘
作曲／藤原真紀
演出／浜田嘉生
バリトン／河野克典
テノール／藤田卓也
ソプラノ／西田佳子
ナレーション／山本　學
指揮／江上孝則
防府アスピラート合唱団　防府少年少女合唱団
防府音楽祭管弦楽団

［オーケストラ、合唱団板付。
指揮者、独唱者（バリトン）登場。］

山頭火（陰の声）
『分け入つても分け入つても青い山』
『分け入つても分け入つても青い山』

M1　序曲

『分け入つても分け入つても青い山』のライト・モチーフによる管弦楽曲。

［M1終る］

年譜朗読の音楽（その1）

音楽というよりひびき。次の年譜朗読の間、
なり続ける。無機的でクールな、あるいは宗
教的で異様に美しいひびき。組曲全体の中で
ここだけ切りはなされた別次元のふんいきを
かもし出す。

少女（年譜の朗読・上手に立つ）
「種田山頭火、明治十五年十二月、防府西佐波令《さばりょう》八王子に生まれる。
大正五年四月、一家離散《りさん》。妻子をつれて熊本に至る。
大正十四年二月、曹洞《そうとう》宗報恩寺《ほうおんじ》にて出家《しゅっけ》する。」

［音楽終る］

山頭火Ｎ１（下手に登場）
「私は今、私の過去一切を清算しなければならなくなっている。
これまでの日記や手記はすべて焼き捨ててしまった。ただ捨てても捨
ててても捨てきれないものに涙がこぼれるのである。
水が流れ、雲は動いてとどまらず、風吹けば木の葉が散る。

愚かな旅人として放浪するより外にどんな生き方があるというのだ。
私はまた旅に出た。」

M2「風の中ゆく」（バリトン独唱　合唱）

何を求める風の中ゆく
けふもいちにち風をあるいてきた
さて、どちらへ行かう風がふく
たたずめば風わたる空のとほくとほく
何を求める風の中ゆく
けふもいちにち風をあるいてきた

［M2終る］

山頭火N2「一月七日　時雨《しぐれ》
雨は降るし、足は痛いし、とうとう勧められるままに一休《ひと》みする。食べさせてもらって、しかも酒まで飲んでは、ほんとうに勿体《もったい》ないことだ。

一月八日　曇《くもり》
ひどく寒い、何となく険悪《けんあく》な日であった。私自身も陰鬱《いんうつ》な気分になっていた。
財布《さいふ》の底には二十銭あまりしかない。私は嫌でも行乞しなければならなかった。
気分がすぐれないまま、鉄鉢《てっぱつ》をかかえて、ある軒先に立った。
その時である、
かつ、いぜんとして、霰《あられ》が落ちてきた。」

M3　『鉄鉢の中へも霰』のイメージによる管弦楽曲

山頭火『鉄鉢《てっぱつ》の中へも霰』
『鉄鉢の中へも霰』

［M3終る］

山頭火N3「人間の苦しみ、苦悩というものは、外から襲ってくるものではない。人間の内から湧き出てくるものだ。与えられるものではない。生まれてくるものなのだ。

苦悩は群《む》れをなして現《あらわ》れる。後《あと》から後《あと》から、次《つぎ》から次へと現れ、しかも後から現れる苦悩ほど大きく鋭い。

夜になり、とうとう雨が降り始めた。

風が吹きだした。

雨いよいよはげしく
風ますます吹きすさぶ
——烈風が吹き荒れた。」

少女1（上手に立つ）
「『風の中声はりあげて南無観世音《なむかんぜおん》』

『風の中声はりあげて南無観世音』」

少女2「『風の中おのれを責めつつ歩く』
『風の中おのれを責めつつ歩く』」

M4「声はりあげて」（合唱）

風の中声はりあげて南無観世音
風の中おのれを責めつつ歩く

【M4終る】

【間奏曲1】

ライト・モチーフが全管弦楽*ff*で山頭火の苦悩を表現。この間、少年少女合唱団登場。
（間奏曲終る）

山頭火N4 「『ふるさとは遠くして木の芽』
ふしぎなことだ、夢か現《うつつ》か、いつのまにか私はふるさとに近づいている……
夜の明けるまで、街と山を歩きまわった。
天神山《てんじんやま》はやっぱりよかった、国分寺《こくぶんじ》もよかった。一本の草にも一本の木にもなつかしい思い出がある。
ああ、私のふるさと
防府《ほうふ》はふるさとの中のふるさとだ。」

少女1 「『雨ふるふるさとははだしであるく』
『雨ふるふるさとははだしであるく』」

少女2 「『ふるさとの学校のからたちの花』
『ふるさとの学校のからたちの花』」

M5 「ふるさと」（少年少女合唱）

ふるさとは遠くして木の芽

雨ふるふるさとははだしであるく
ふるさとの学校のからたちの花

［M5終る］

［間奏曲2］

M5「ふるさと」のなつかしい望郷の夢からさめるように、ふたたびライト・モチーフによる全管弦楽の強奏。この間、少年少女合唱団退場。（間奏曲終る）

山頭火「『山へ空へ摩訶般若波羅蜜多心経』
『山へ空へ摩訶般若波羅蜜多心経』」

少女1「『あるけば草の実すわれば草の実』」

少女2「『あるけばかつこういそげばかつこう』」

山頭火「『山へ空へ摩訶般若波羅蜜多心経』」

M6「山へ空へ」（バリトン独唱　合唱）

山へ空へ摩《ま》訶《か》般《はん》若《にゃ》波《は》羅《ら》蜜《みっ》多《た》心《しん》経《ぎょう》
あるけば草の実すわれば草の実
あるけばかつこういそげばかつこう
山へ空へ摩《ま》訶《か》般《はん》若《にゃ》波《は》羅《ら》蜜《みっ》多《た》心《しん》経《ぎょう》
観《かん》自《じ》在《ざい》菩《ぼ》薩《さつ》　行《ぎょう》深《じん》般《はん》若《にゃ》波《は》羅《ら》蜜《みっ》多《た》時《じ》
照《しょう》 見《けん》五《ご》蘊《うん》皆《かい》空《くう》　度《ど》一《いっ》切《さい》苦《く》厄《やく》
舎《しゃ》利《り》子《し》　色《しき》不《ふ》異《い》空《くう》　空《くう》不《ふ》異《い》色《しき》
色《しき》即《そく》是《ぜ》空《くう》　空《くう》即《そく》是《ぜ》色《しき》
受《じゅ》想《そう》行《ぎょう》識《しき》　亦《やく》復《ぶ》如《にょ》是《ぜ》

［M6終る］

山頭火N5「今日はじめて、ふきのとうを見つけた。
ふきのとう　ふきのとう
おまえは春の使い、春の使者
私はあてもなく、野から山へと歩きまわる。

春、春、まったく春だ！

水の音、小鳥の声、木の葉のそよぎ。

私は今、春風のまん中、
ああ、春風のまん中にいる。」

少女1「『さくらさくら／さくさくら／ちるさくら』」
少女2「『さくら／さくらさく／さくらちる／さくら』」

少女1「『さくらさくら／さくさくら／ちるさくら』」
少女2「『さくら／さくらさく／さくらちる／さくら』」

M7「窓あけて」（ソプラノ独唱　合唱）

窓あけて窓いっぱいの春
一ひら二ひら窓あけておく
さくらさくらさくさくらちるさくら
窓あけて窓いっぱいの春

［M7終る］

山頭火N6「ふと、水音で目をさました。
もう夜が明けるらしい。

川が一《ひと》すじ流れていく
ある時は濁り、ある時は澄み
流れる、流れる
水は流れるままに流れていく

そうだ、なるようになる
全《すべ》てはなるようになっていく
これが私の生き方、私の最後の、唯一の生き方でなければならない。
川が一《ひと》すじ私といっしょに流れていく

『濁れる水の流れつつ澄む』
『濁れる水の流れつつ澄む』」

M8「流れつつ」（テノール独唱）

濁れる水の流れつつ澄む

こころおちつけば水の音

死をまへに涼《すず》しい風

濁れる水の流れつつ澄む

［M8終る］

年譜朗読の音楽（その2）

少女（年譜の朗読）
「昭和十五年十月十日夜、松山市御幸寺《みゆきじ》の『一草庵』にて句会が開かれるが、山頭火は昼間《ひるま》の疲《つか》れからか、隣りの部屋で仮眠《かみん》をとり、姿をあらわさない。

翌朝、十一日未明、一人静かに旅立つ。享年五十九歳。」

【音楽終る】

M9「分け入つても」（バリトン独唱）

分け入つても分け入つても青い山

【M9終る】

山頭火N7「芸術は誠《まこと》である。

誠の心きわまるところ、そこには感謝がある。つまり、感謝の心から生まれた芸術、感謝の心から生まれた俳句でなければ、本当に人の心を動かすことはできない。

さて、私は何処《どこ》へ行く、何をしようとしているのだ。

愚《おろ》かさを守り、愚かさを貫《つらぬ》くのが、山頭火よ、おまえの生き方ではなかったか。

私はまた旅に出た。」

［M10「フィナーレ」の序奏始まる。］

山頭火の新たな旅立ちを暗示するような意志的な、衝撃的な音 *sf* が入り、

山頭火「『もりもりもりもりあがる雲へ歩む』

『もりもりもりもりあがる雲へ歩む』」

例えばティンパニーの連打（*pp*）をバックに、ステージの左右から少年少女合唱団が元気よく「もりもりもりあがる」とよびかけながら登場。しだいに高潮し、登場し終ったら全員（合唱団と少年少女合唱団）声をそろえ「もりもりもりあがる雲へ歩む」と朗誦。ただちにM10「フィナーレ」が始まる。

M10　フィナーレ（全員）

もりもりもりもりあがる雲へ歩む

完

組曲「金子みすゞ」

二〇一八年作

○凡例

N…ナレーション（山本　學）。ステージ下手に登場。少女による「詩の一節の朗読」は、少年少女合唱団の中の朗読者（合唱団のメンバー）の立ち位置によってその都度変る。

M…音楽。

○初演　第十七回防府音楽祭／二〇一八年一月七日　於　防府市アスピラート

企画／田中雅弘

作曲／岡田昌大

ソプラノ／坂井田真実子

バリトン／河野克典

ナレーション・朗読／山本　學

朗読／前田日和　森ともみ　森みなみ　上田桃々　河村望子

指揮／清水醍輝

防府少年少女合唱団　防府音楽祭管弦楽団

［オーケストラ、合唱団板付。
指揮者登場。］

少女（詩の一節の朗読）
「王子山《おうじやま》から町見れば、
わたしは町が好きになる。
木《こ》の間《ま》に光る銀の海、
わたしの町はそのなかに、
竜宮《りゅうぐう》みたいに浮《うか》んでる。」

M1　プロローグ〜王子山（合唱とオーケストラ）

公園《こうえん》になるので植えられた、
桜はみんな枯《か》れたけど、
伐《き》られた雑木《ぞうき》の切株《きりかぶ》にゃ、
みんな芽が出た、芽が伸びた。

木の間《こま》に光る銀の海、
わたしの町はそのなかに、
竜宮《りゅうぐう》みたいに浮《うか》んでる。

銀の瓦《かわら》と石垣《いしがき》と、
夢のようにも、霞《かす》んでる。

王子山から町見れば、
わたしは町が好きになる。

干鰮《ほしか》のにおいもここへは来ない、
わかい芽立《めだ》ちの香《か》がするばかり。

［M1終る］

N1（下手に登場）
「金子みすゞは海辺の町に生まれた。幼い頃から海はみすゞの身近《みぢか》にあり、もっとも近《ちか》しいもの、——海はみすゞの原風景《げんふうけい》だった。潮風に吹かれながら渚に立つ時、みすゞはよく父のことを思った。みすゞの父は、みすゞが二歳の時海の向こうの大陸にわたり、やがてその地で亡くなったという。……もしかすれば父はまだどこかで生きているかもしれない。いつの日にかあの海の向こうから元気な姿で戻ってくるかもしれない、――そんな夢を、みすゞは心のすみで抱いていた。」

［詩「赤いお舟」朗読の音楽］

少女（詩の朗読）「赤いお舟

一本松
一本立って
海みてる、
私もひとりで
海みてる。

海はまっ青、
雲は白、
赤いお舟は

まだみえぬ。
赤いお舟の
父さまは、
いつかの夢の
父さまは、

一本松
一本松
いつだろか。」

［音楽終る］

N2「——鯨《くじら》一頭捕《と》れば七浦《ななうら》にぎわう

みすゞの故郷《ふるさと》・仙崎は、かっては日本有数の捕鯨の地として知られた漁師町である。町が鯨捕《と》りで栄える一方、浦人たちの生《い》きとし生《い》けるものへの思いは深く、鯨の霊を弔《とむら》う回向《えこう》・鯨法会《くじらほうえ》が営まれ、海の見える丘の上には鯨墓《くじらばか》が建てられた。その墓石《ぼせき》には、母鯨《ははくじら》と共に命尽きた胎児への思い、浦人たちの鎮魂のことばが刻まれている。

南無阿弥陀仏
業盡有情　雖放不生
故宿人天　同證佛果

南無阿弥陀仏《なむあみだぶつ》
業《ごう》尽《つ》きし有情《うじょう》、放《はな》つと雖《いえど》も生《しょう》せず
故《ゆえ》に人天宿《にんてんやど》して、同じく仏果《ぶっか》を証《しょう》せしめん」

M2　鯨法会《くじらほうえ》（バリトンソロとオーケストラ）

鯨法会は春のくれ、
海に飛魚《とびうお》採《と》れるころ。
浜《はま》のお寺で鳴る鐘が、
ゆれて水面《みのも》をわたるとき、

村の漁夫《りょうし》が羽織着て、
浜のお寺へいそぐとき、

沖で鯨の子がひとり、
その鳴る鐘をききながら、

死んだ父さま、母さまを、
こいし、こいしと泣いてます。

海のおもてを、鐘の音は、
海のどこまで、ひびくやら。

［M2終る］

N（詩の朗読・山本學氏）
「大漁《たいりょう》

朝焼小焼だ

大漁だ
〳〵（くり返す）
大羽《おおば》鰮《いわし》の
大漁だ。」

M3　詩「大漁」のイメージによる管弦楽曲

［前半――鰮《いわし》の苦闘と大漁の音楽］

［後半――とむらいの音楽］

N（詩の朗読・山本學氏）
「浜は祭りの
ようだけど
海のなかでは

※詩「大漁」の前半部分

何万の
鰮《いわし》のとむらい
するだろう。」

※詩「大漁」の後半部分

［M3終る］

N3「金子みすゞが童謡を作り始めたのは、仙崎から下関の母の許《もと》に移り住み、義父《ぎふ》が経営する書店に勤め出した二十歳《はたち》の時からである。初めて投稿した作品がいきなり雑誌に掲載され、みすゞを驚かせる。以後、毎回のように入選作として選ばれ、尊敬する西條八十からは『童謡作家の素質として最《もっと》も貴いイマジネーションの飛躍がある。』と高く評価される。……詩を作る楽しさと喜び、そして誇らしさをも感じ始めたみすゞは、つぎつぎとすぐれた作品を生み出していく。思えばそれは、みすゞの生涯のもっとも幸せな時であった。」

［詩「砂の王国」朗読の音楽］

少女（詩の朗読）

「砂《すな》の王国
私《わたし》はいま
砂のお国の王様です。

お山と、谷と、野原と、川を
思う通りに変《か》えてゆきます。

お伽噺《とぎ》の王様だって
自分の国のお山や川を、
こんなに変えはしないでしょう。

私はいま、
ほんとにえらい王様です。」

［音楽終る］

N4「西條八十が九州への講演旅行の途中、下関に立ち寄るという知らせを受けとった時のみすゞの喜びは、どんなに大きかったことか。世の中の誰よりも尊敬し、ひそかに師と仰ぐ人に今、会うことができる。みすゞは胸ふくらませ下関駅へと出かけて行った。――その夜のことを、後《のち》に西條八十が回想している。

《私は駅の構内を探しまわった。ようやく薄暗い片隅《かたすみ》に佇《たたず》んでいる彼女を見つけた。一見二十二、三歳に見える女性で不断着《ふだんぎ》の儘《まま》、背には一、二歳の我が児《こ》をせおっていた。そこらの裏町の小さな商店の内儀のようであった。しかし、眼は黒燿石《こくようせき》のように輝いていた。

彼女は言葉少なく、おそらく私は彼女と言葉をかわす時間よりも、その背の赤ちゃんの愛らしい頭を撫《な》でていた時間の方が多かったであろう。

連絡船に乗り移る時、彼女は群衆の中で白いハンカチを振っていたがまもなく姿は混雑の中に消え去った。》」

少女（詩の一節の朗読）

「お空の星が
　夕顔に、
　さびしかないの、と

ききました。
お乳《ちち》のいろの
夕顔は、
さびしかないわ、と
いいました。」

M4　夕顔（ソプラノソロとオーケストラ）

お空の星が
夕顔に、
さびしかないの、と
ききました。
お乳《ちち》のいろの
夕顔は、
さびしかないわ、と
いいました。

お空の星は
それっきり、
すましてキラキラ
ひかります。

さびしくなった
夕顔は、
だんだん下を
むきました。

［M4終る］

N5「みすゞの結婚生活は、決して幸《しあわ》せではなかった。夫との折り合いも悪く、暮らしは困窮をきわめ、やむなく引っ越しを繰り返す。みすゞを取りまく現実の世界は、陰《いん》うつな苦悩の色合いを深めていく。しかし、みすゞは既に『童謡』という『言葉の国』の住人であった。胸の底に潜《ひそ》む悲しみ、淋しさ、心の痛み、そして喜びをわかりやすい言葉によって浮かび上らせる。深い思索によって形成された己《おのれ》の世界観・

宇宙観をやさしい言葉によって表現する。みすゞは、それが出来た稀《け》有《う》な詩人であった。」

N（詩の朗読・山本學氏）
「蜂と神さま

蜂はお花のなかに、
お花はお庭のなかに、
お庭は土塀《どべい》のなかに、
土塀は町のなかに、
町は日本のなかに、
日本は世界のなかに、
世界は神さまのなかに。

そうして、そうして、神さまは、
小ちゃな蜂のなかに。」

M5　蜂と神さま（バリトンソロと合唱～オーケストラ）

蜂はお花のなかに、
お花はお庭のなかに、
お庭は土塀のなかに、
土塀は町のなかに、
町は日本のなかに、
日本は世界のなかに、
世界は神さまのなかに。

そうして、そうして、神さまは、
小ちゃな蜂のなかに。

［M5終る］

N6「(二十日《はつか》に起きるつもりで朝雑巾がけをすこししましたらすぐにたたりまして、また五日やすみました。もうこのごろは、起きてもなんにもしません。ほんの食べるだけの事です。)

――みすゞが二十六歳の秋、母親に書いたハガキの一節である。

体に異常を感じたのは、二年前のことである。以来、魔の病《やまい》はゆっくりとみすゞの体をむしばんできた。……病状が重くなった今、みすゞは最後の力をふりしぼって、自分の詩集を作ろうと決意する。今まで書いてきた作品一作一作を入念に推敲《すいこう》し、順番を考え、編集し、全作品を清書する。それはまさに新たな創作であり、命を削る言葉との格闘であった。五百十二編、三冊から成る詩集を遂《つい》に完成させたみすゞは、ひとり喝采《かっさい》の声をあげる。

できました、／できました、
かわいい詩集ができました。

（ああ、ついに、／登り得ずして帰り来《き》し、／山のすがたは／雲に消ゆ。）」

※巻末手記より

［詩の一節の朗読（よびかけ）］

N（音頭・ナレーター山本學氏）
「きりぎっちょん、山のぼり、
ヤ、ピントコ、ドッコイ、ピントコ、ナ。」

合唱団（全員）「ピントコ、ドッコイ、ピントコ、ナ。」

N「ピントコ、ドッコイ、ピントコ、ナ。」

合唱団「ピントコ、ドッコイ、ピントコ、ナ。」

M6　きりぎりすの山登り（合唱とオーケストラ）

きりぎっちょん、山のぼり、
朝からとうから、山のぼり。
　ヤ、ピントコ、ドッコイ、ピントコ、ナ。

山は朝日だ、野は朝露だ、
とても跳《は》ねるぞ、元気だぞ。
　ヤ、ピントコ、ドッコイ、ピントコ、ナ。

あの山、てっぺん、秋の空、

つめたく触《さわ》るぞ、この髭《ひげ》に。
　ヤ、ピントコ、ドッコイ、ピントコ、ナ。
一跳《ひとは》ね、跳ねれば、昨夜《ゆうべ》見た、
お星のとこへも、行かれるぞ。
　ヤ、ピントコ、ドッコイ、ピントコ、ナ。

お日さま、遠いぞ、さァむいぞ、
あの山、あの山、まだとおい。
　ヤ、ピントコ、ドッコイ、ピントコ、ナ。

［M6終る］

N7「《紬《つむぎ》の着物に羽織をまとい、正装したみすゞはカメラのレンズをしっかりと見つめている。そのまなざしは深く、やさしい。そして、或る決意を感じさせる凛《りん》とした表情。》
——みすゞが最後に遺した肖像写真である。

撮《と》り終えた後、おそらくみすゞは三好《みよし》写真館のすぐ脇にある石段を登り、亀山八幡宮《かめやまはちまんぐう》の境内に立ち、眼下に広がる海を眺めたにちがいない。海峡は今日も紺碧の波を湛《たた》えている。

父の声がきこえてくる。

『よくがんばったね。みすゞよ、よくがんばって生きてきたね』

翌三月十日、二十六歳の若き天才詩人金子みすゞは、自らの意志で新らしい世界に旅立った。」

M7　雪（バリトンソロと合唱〜オーケストラ）

誰も知らない野の果《はて》で
青い小鳥が死にました
　さむいさむいくれ方に

そのなきがらを埋《う》めよとて
お空は雪を撒《ま》きました
　ふかくふかく音もなく

人は知らねど人里の
家もおともにたちました
　しろいしろい被衣《かつぎ》着て

やがてほのぼのあくる朝
空はみごとに晴れました
　あおくあおくうつくしく

小《ち》さいきれいなたましいの
神さまのお国へゆくみちを
　ひろくひろくあけようと

M8　エピローグ

完

組曲「香月泰男」

二〇一二年作

○凡例

M…音楽。

S…使用絵画作品の番号に付したSは、シベリア・シリーズ。

ブリッジ…四季の「花」や「母子」シリーズなど身のまわりを題材とした作品群と「シベリア・シリーズ」の二つの世界を橋渡しする部分。

○主な出典

香月泰男『シベリア画文集』(中国新聞社)

香月婦美子『夫の右手』(求龍堂)他

○初演

山口芸術短期大学演奏会/二〇一二年十月二十一日　於長門市「ルネッサながと」

企画/片山　淳

作曲/田中照通

テノール・ナレーション/藤田卓也

ナレーション/永田英理

舞/長宗敦子

指揮/田中照通

山口芸術短大合唱団　山口芸術短大管弦楽団

［合唱団、室内オーケストラ板付。
指揮者、独唱者（テノール）登場。］

スクリーン中央部に、在りし日の香月泰男
（ポートレート）がうかび上がり、

香月泰男（陰の声）
「小学校一年か二年のときだった。太陽がまぶしいように明るいある日、庭に栴檀《せんだん》の実がなっているのを見ながら、私は決心した。
――オレは絵描《か》きになろう。」

M1　導入

婦美子（下手に立つ）
「みんな、みんな、長い間、ずいぶんと辛《つら》いところをくぐってきましたから、
主人がシベリアから帰ってきて、家族みんなが一緒に暮らせるようになって、
これでいいのかしら

本当にこれでいいのかしら
と思うくらい、幸せでした。」

【M1終る】

M2「台所シリーズ」

01「ハムとトマト」がサイド・スクリーンに
映し出され、

婦美子「主人は一時《いっとき》、〝厨房《ちゅうぼう》の画家〟とか、〝台所の画家〟とかいわれていました。わたしが育てた野菜や、台所の魚や食べ物なんか、主人は何でもかでも絵にするんです。ブドウでもトマトでも『味を見たらようわかる。ちょっと食べてみよう』と、勝手なこといって、まず食べてから描《か》きはじめました。」

以下、「台所」をモチーフにしたキュビスム風の色彩豊かな絵画が何枚かサイド・スクリーンに映し出される。
02「なわ椅子の雉子」
03「黒い机の上の鰊」
04「玉葱と焼かれる魚肉」（M２終る）

■（ブリッジ）１

婦美子「主人が父親のように慕《した》っていた福島繁太郎《ふくしましげたろう》先生が亡くなられた日、主人は萩で飲んでいて、なかなか連絡が取れませんでした。『遅くまで飲んでいるから』と私が非難しますと、かわいそうなぐらいにションボリしてしまいました。よほど辛《つら》かったのでしょう。翌日すぐに東京に発《た》ちました。火葬場で主人のことを待っていてくださり、それから荼毘《だび》にふされたそうです。」

［ブリッジ終る］

衝撃音（*sf*）と共にシーンは回り舞台のように急変し、今までの「明るい」音空間から「暗い」音空間に突入する。

M3 「黒い太陽」 シベリア・シリーズ

香月（上手に登場）

「ほぼ北緯50度の地点にあるハイラル。ここではもう太陽は、中天高くあがるということはない。東からのぼった太陽は、南よりの空を、ころがるように西へ沈んでゆく。この美しい太陽も、軍隊という檻《おり》につながれた私にとっては、その輝きを失って、暗黒に見えることもあった。」

S01「黒い太陽」がメイン・スクリーンに映し出される。

［M3終る］

※「シベリア・シリーズ」の絵は原則的に香月のナレーションが終わってからスクリーンに映し出される。以下同じ要領。

M4 「青の太陽」 シベリア・シリーズ

香月「ホロンバイルの草原を、腹這《はらば》いになって、銃を両手でささげ持ちながら、両肘《りょうひじ》で体を支えて前進する。そんな演習を年がら年中やらされながら、間近の地面に目を落とすと、よくアリの姿が見られた。ああ、いっそのこと自分はアリになりたい。アリになって、穴の底から青空だけを見てくらしたい。深い穴の底から見上げると、真昼でも星が見えるのだそうだ。」

S02「青の太陽」

［M4終る］

M5「朝陽」シベリア・シリーズ

香月「兵隊たちは未明にたたき起こされて、訓練にかり出された。私たちは、裸足《はだし》の足の裏にくだける霜の音を聞いて走った。やがて足の感覚もなくなる。ふと顔をあげると、東の空の闇《やみ》をついて、太陽がのぼる。それは一瞬、疲労も寒さも忘れる美しいものであった。」

S03「朝陽」

［M5終る］

M6「運動する人」シリーズ

スナップ写真のような「動き」をモチーフとした作品が次々とサイド・スクリーンに映し出される。軽妙な、洒脱な、シンフォニーの〝スケルツォ〟楽章に相当する部分。

05「吊り上げる人」
06「サーカス」
07「綱渡り」

［M6終る］

■（ブリッジ）2

婦美子「主人は、シベリアでのつらかった話は、あまり家ではしませんでした。話したくなかったのでしょう。

夜中でも、戦友のことやシベリアを思い出し、何かモチーフが浮かぶと、とび起きて仕事をはじめていました。

朝の五時ごろ、ひょっとわたしが目を覚ましたら、主人がいません。〝どうしたんじゃろう〟と思いましたら、アトリエで仕事をしていました。思い出したら描《か》かずにはいられなかったのでしょう。」

［ブリッジ終る］

M7「北へ西へ」（その一）シベリア・シリーズ

香月「奉天《ほうてん》を出発する貨車は、四方の窓が鉄格子で出来ていた。

ぎゅうぎゅう詰めの状態で、行方《ゆくえ》もわからず、来る日も来る日も北へ走りつづけた。」

S04「北へ西へ」

M7より、引き続き次のM8「業火」へ。

M8 「業火」 シベリア・シリーズ

香月「私は貨車の鉄格子にすがって、いつも外を眺めていた。
そんなある日、天に届くばかりの火炎《かえん》をあげて、兵舎が燃えているのを見た。火薬庫でもあるのか、炎がすさまじくはぜて、あたかも悪業《あくごう》の結末を告げる業火の如く見えた。」

S05「業火」

M8より休みなく、次のM9「北へ西へ」（その二）へ

M9「北へ西へ」（その二）シベリア・シリーズ

M7のS04「北へ西へ」が再びメイン・スクリーンに映し出され、

香月「アムール河を渡り、シベリア鉄道に乗った翌朝《よくあさ》、ふと見ると、太陽が列車の後方からのぼっている。我々は疑いもなく、西に向かっている。

もはや完全に、帰国の望みは断ち切られた。」

【M9終る】

M10「母子」シリーズ

08「ママごと遊び」がサイド・スクリーンに映し出され、

婦美子「主人ははやく両親に別れ、兄弟もなく、ひとり淋《さび》しい思いをして育ちましたので、家庭をもてたことが本当にうれしかったのでしょう。大変な子煩悩《こぼんのう》でした。
その子供たち、長男と次女のところに子供がたて続けに生まれ、主人が爺さまになったのは五十代半《なか》ばです。母と子を描いた『母子』シリーズ。描かれている子供は孫たちですけど、母親のおだんごがついている頭のかたちは、娘たちはあんなかっこうしませんから、頭はわたしでしょう。」

以下、母子をはじめとする親子のシリーズ、香月泰男がもっとも描きたかったモチーフによる油彩が次々と映し出される。M6「運動する人」がスケルツォであるのに対して、交響曲やソナタの緩徐楽章に相当する部分。

09「母と子（駄々子）」
10「汽車を見る泰樹」
11「父と子」
12「餌」

［M10終る］

（ブリッジ）なしで、いきなり衝撃音（*sf*）と共に「暗い」音空間に突入。

M11 「涅槃」 シベリア・シリーズ

香月「私は死者が出ると、その顔をスケッチしてやった。

もし自分が死なずに、無事日本に帰ることができたら、遺族を訪ねて一人一人渡そうと思った。

しかし、まもなくソ連兵に見つかって取り上げられ、焼き棄てられてしまった。

スケッチはなくなったが、私は死者の顔を忘れない。どの顔も美しかった。」

S06「涅槃」

［M11終る］

M12「雪」シベリア・シリーズ

香月「セーヤの収容所では、毛布が柩《ひつぎ》のかわりであった。死者が出ると、それを毛布でくるんで通夜をした。
凍《こお》りつくような雪の夜、軍隊毛布につつまれた戦友の霊《れい》は、仲間に別れを告げながら、故郷の空へと飛び去ってゆく。
私たちは驚きながら、思わず両手をあげて見送った。
現身《うつせみ》の苦悩から解放された死者を、どんなに羨ましく思ったことだろう。」

S07「雪」

舞――「雪の精」

あたかも、死者のからだから抜け出した霊魂を象徴するかのように、いつのまにか、ステージに舞人《まいびと》があらわれ、静かに舞う。――やがて、遠くの故郷の空へと昇り去る。

［M12終る］

M13「雪山」シベリア・シリーズ

香月「朝、仕事場の山についてしばらくすると、太陽があがって来る。すると雪が太陽に照らされて、一面のバラ色に輝きはじめる。バラ色の雪をバックに立つ、雪をかぶった松はなんともいえず美しかった。」

S08「雪山」

【M13終る】

M14「星〈有刺鉄線〉夏」シベリア・シリーズ

香月「つかの間に過ぎ去る夏の美しさも忘れることが出来ない。
夏の美しさ、それは星の美しさである。一つ二つと星がまたたきはじめ、見る見るうちに満天星の饗宴《きょうえん》となった。
しかし、目を落とせば、非情な有刺鉄線が浮かび上がって来る。
シベリアでは、私は星と有刺鉄線の間に引き裂かれた、囚《とら》われの絵かきでしかなかったのだ。」

S09「星〈有刺鉄線〉夏」

【M14終る】

M15　四季の「花」

一九七〇年代、「晩年の輝き」の時代に描かれた四季とりどりの花の油彩がサイド・スクリーンに映し出される。

13「椿花」
14「山吹」
15「パンジー」
16「鉄線花」
17「紅蜀葵」
18「合歓木花」
19「シクラメン」
20「つわぶき」

［M15終る］

■（ブリッジ）3

婦美子「長女の慶子が三十一歳で亡くなり、それから主人のお酒の量が急に増《ふ》えていきました。

娘が亡くなる直前に見舞いに行きましても、主人は、娘の苦しむ姿を見るのがつらくて病室に五分といません。すぐに出て行ってしまうのです。

葬式でも、お経を聞いているのがつらくて、つらくて……、とうとう初七日《しょなのか》には、用事にかこつけて出かけてしまいました。」

[ブリッジ終る]

M16「日本海」シベリア・シリーズ

香月「あざやかな群青《ぐんじょう》の日本海を望むナホトカの丘に、帰国を目前にして倒れた日本人が埋葬されていた。靴をはいた両足だけが地上に出ていた。

死者の無念な気持をおもい、私は顔と手を描《か》き加えた。」

S10「日本海」

【M16終る】

M17　「復員〈タラップ〉」　シベリア・シリーズ

香月「船は故国へ近づいた。朝早くから甲板《かんぱん》へ出て日本の山が見えるのを待った。日本は緑だった。燃えるような新緑が目にあざやかだった。タラップを降りる時、ふと自分の前の男も、後《うし》ろの男も亡霊のような気がした。セーヤで死んだ仲間の亡霊が、いっしょにこの船に乗って、帰って来たのかもしれない。そんな気がした。」

S11「復員〈タラップ〉」

【M17終る】

M18　三隅の風景

おだやかな、静かな序奏にさそわれるように、

21「久原山」
22「彼岸花」
23「嶽」

三点がサイドスクリーンに順を追って映し出され、音楽はディミネンドして静かに終わる。

婦美子「家の前には三隅川が流れ、橋がかかっています。主人はよく、仕事の息抜きに、またモチーフ探しもあって、その橋の上から家の裏の久原山《くばらやま》を眺めたり、土手を行ったり来たりしていました。」

[M18終る]

静寂——異様な緊迫の中で、

香月「私は決心した。
日本に帰ったら、故郷《こきょう》の三隅の町で一生を送ろう。
モチーフはどこにでもある。私のいるところにモチーフはあるのだ。
これほど夢の中にくり返しあらわれる故郷をおいて、いったいどこに
私の仕事場があるというのだ。

S12「〈私の〉地球」がメイン・スクリーンに
ゆっくり、うかび上がる。（F・I）

そして今、あのシベリアで毎晩毎晩夢に見た私のふるさと、自分の生
れ育った三隅の町に、私は住んでいる。これが私の地球だ。
周囲の山の彼方《かなた》に五つの方位がある。ホロンバイル、シベリア、イン
パール、ガダルカナル、そしてサンフランシスコ。」

M19「〈私の〉地球」シベリア・シリーズ（テノール・ソロと合唱）

ホロンバイル、シベリア、インパール、ガダルカナル、そしてサンフ
ランシスコ。
いまわしい戦争にまつわる地名に囲まれた山陰の小さな町。

ここが私の空であり、大地だ。ここで死にたい、ここの土になりたいと思う。思い通りの家の、思い通りの仕事場で絵を描《か》くことが出来る。

それが私の地球である。

［M19終る］

M20　フィナーレ

M19のS12「〈私の〉地球」はそのままひき続きメイン・スクリーンに映し出され、曲が終わるまで固定。

一方、サイド・スクリーンでは、三隅の家のまわりのものをモチーフとした「花・虫などの素描」、色あざやかな「海外旅行での素描」などが、流れるように、つぎつぎと映し出される。

24「玉子」
25「空豆」
26「てんとう虫」
27「かまきり」
28「椿」
29「コスモス」
30「ギリシャ（6）アテネ」
31「タヒチ（7）」
32「ラスパルマス闘牛」
33「サン・ヴィクトワール」

そして、おしまいに

34「雪の朝」
35「雪の海」の二作品（絶筆）が、S12「〈私の〉地球」の左右に浮かび上がる。

完

Ⅱ

オペラ「カルメン」より

組曲「カルメン・ファンタジー」

二〇〇七年作

○凡例
メリメ原作、ビゼー作曲オペラ「カルメン」より主要曲を選び、ナレーションを加え演
奏会用組曲に構成された作品。
N…ナレーション。全て「陰の声」。
M…音楽。使用番号の次に記す（　）番号はオペラ「カルメン」原曲で使われている番号。

○初演　第六回防府音楽祭／二〇〇七年一月十四日　於防府市アスピラート
企画／田中雅弘
演出／浜田嘉生
キャスト
カルメン／山下牧子
ドン・ホセ／藤田卓也
エスカミーリョ／安東省二
ミカエラ、フラスキータ／西田佳子
バレエ／原田綾子
ナレーション／鈴木久美
指揮／梅田俊明
防府音楽祭管弦楽団　防府音楽祭合唱団　防府少年少女合唱団

［オーケストラ、合唱団板付。
指揮者登場。］

M1　前奏曲（オーケストラ）

［アンダンテ・モデラート（運命のモチーフ）］

［M1終る］

N1（陰の声）
「ドン・ホセ、この純情な若者の運命を狂わせたのは、カルメンがたわむれにも投げつけた赤いバラの花だった。
セビリアの町のある広場、
交代を告げるラッパの音を合図に子供たちにつきまとわれながら勤務につこうとする兵士たち、
そして、昼休みを終えた女工たちがふたたびタバコ工場に戻ろうとする時である。」

M2（No.3）子どもたちの合唱（子ども合唱）

歌いながら子どもたち下手より登場

【M2終る】

子どもたち上手に退場
突然、ステージ下手（陰）でカルメンの派手な嬌声がおこる。

M3（No.5）ハバネラ（カルメン　合唱）

カルメン、歌いながら下手より登場

【M3終る】

歌い終ったカルメンは、いつのまにか上手よりステージにあらわれているドン・ホセに近より赤いバラの花を投げつけて、ステージ上手に退場。

合唱団もホセをはやしたりひやかしたりしながら、左右に退場。

ホセは投げつけられたバラの花を胸に、もの思う……、と

ステージ下手にミカエラがしずかに登場してくる。ホセはあわてて花をかくす。

N2「いいなずけミカエラが、遠く故郷《ふるさと》から、年老いた母親の手紙を持ってホセを訪ねてきた。

——《ホセ》あぶないところだった。もう少しで悪魔のえじきになるところだった。……そうだ、お母さんは遠くにいても僕を守って下さるのだ。

ミカエラ、お願いだ。伝えておくれ、母に伝えておくれ。

『お母さん、どうか昔のわがままをお許し下さい。僕は今、後悔しています。

ああ、なつかしいお母さん、あなたの姿が目にうかびます。
我が故郷《ふるさと》よ、我が思い出よ。』」

M4（No.7）二重唱〝母の便りは〟（ミカエラ　ドン・ホセ）

【M4終る】

ミカエラ（下手へ）とホセ（上手へ）、別れて退場。

次のN3の途中で、カルメンとホセ二人が上手より登場。牢屋へ連行されるカルメンをホセが護送するといった格好。

N3「大変だ！　タバコ工場の中で事件が持ちあがった。カルメンが他《ほか》の女工と喧嘩して、相手に大けがをさせてしまった。いくら問《と》い質《ただ》しても鼻歌を歌ってまるで取り合わないカルメン、とうとう牢に入れられることになった。護送役は、ホセ。

カルメンとホセ登場

――《カルメン》ねェ、お若い兵隊さん
あたしのあげたあの花はネ、
あれは魔女の花、……

――《ホセ》だまれ！　カルメン
しゃべるな！

――《カルメン》あたしも本当は、あんたが大好きなんだから。
ね、逃がしておくれ
町のほとりパスティーアのお店で待っているわ、いっしょにお酒を飲みましょう、いっしょに踊りましょう、そして愛しあいましょうよ。」

M5（№10）セギディリャと二重唱（カルメン　ドン・ホセ）

［M5終る］

カルメン、歌い終るとホセを突きとばすようにして下手に逃げ去る。

ホセ、後を追うが……（同じく下手に退場）

M6　間奏曲〝アルカラの竜騎兵〟（オーケストラ）

N4「カルメンを逃がしてしまったホセは、伍長の位《くらい》を剝奪《はくだつ》され、二ヶ月間牢獄に入れられることになった。その二ヶ月もようやく過ぎ、今日はやっと営倉から出られる日、――その夜のこと。

ここはセビリアの町はずれにあるパスティーアの酒場、――実はこの酒場こそ、カルメンたちジプシーの仲間が密輸を企むそのアジト、悪の巣窟《そうくつ》であるが、客たちは誰も知らない。

薄暗いランプの下《もと》、酒宴は盛り上り、ジプシーの踊りが熱を帯び、そしてカルメンは歌う。」

［M6終る］

後方セリを降ろし前方セリ（高さ60㎝）にそろえバレエの舞踏空間を広くする。

M7（№12）ジプシーの踊り（カルメン　バレエ）

バレエ（曲が始まるとすぐにステージ後方セリの上で）

（カルメン曲の途中、下手より登場、ステージ中央、指揮者の前で歌う。）

バレエ・ダンサー下手に退場。

カルメン上手に退場。

男声合唱、登場。

［M7終る］

N5「夜もふけ、客たちが帰り仕度《じたく》を始めた時、大勢の男たちがたいまつを手に、歓声をあげながらやってきた。

『ばんざい！　ばんざい！
エスカミーリョ　ばんざい！』

エスカミーリョ、下手から登場

グラナダの町で今一番の人気闘牛士、エスカミーリョの登場である。
帰りかけた客たちも大喜び、彼を迎え、祝杯をあげる。」

M8　(No.14)　闘牛士の歌　(エスカミーリョ　カルメン　フラスキータ　合唱)

カルメン、フラスキータ、曲の途中で上手から登場し、歌う

[M8終る]

エスカミーリョ、男声合唱、下手に退場。
フラスキータ上手に退場。
ステージ下手にホセがあらわれ、中央にかけ

寄りカルメンと激しく抱擁。
ホセとカルメン、二人の抱擁シーンにWって

N6「ホセがやって来た。
——二ヶ月ぶりの再会。
ホセは歌う。
『おまえの投げたこの花は、こんなにしおれてしまったけれど、僕は
牢の中でいつもこの花を眺めていた。
もう一度おまえに会おうと、それればかりを考えていた。』」

M9 花の歌（ドン・ホセ）

歌い終ったホセをカルメンが誘惑するように
導き、二人とも上手に退場。

［M9終る］

N7「ホセはカルメンに引きずられるまま、密輸業者の仲間として暮らす
ようになった。

しかし、気まぐれなカルメンの心はしだいにホセから離れ、遠のいていった。
そんな折、故郷《こきょう》からミカエラがあらわれ、ホセに母親が危篤であることを伝える。
カルメンになお未練を残しながらも、ホセは母の待つ故郷に帰っていった。」

M10 間奏曲〝アラゴネーズ〟（バレエ　オーケストラ）

バレエ（ステージ後方セリの上で）

後方セリを上げ（高さ80㎝）、前方セリ（高さ60㎝）との差をつける。
次のN8の途中で、合唱団、子どもたち登場。

［M10終る］

N8「さて、いよいよ闘牛の日。色あざやかな幟《のぼり》や旗で飾り立てた闘牛場の前には、大勢の人がつめかける。

合唱団、子どもたち登場

広場は喧噪《けんそう》と人ごみで、ごったがえしている。

合唱団、子どもたち登場し終って

やがて、闘牛士の行列が近づいてきた。

華《はな》やかな衣装に身を包んだ闘牛士たちが次々とあらわれ、歓呼に応《こた》えながら闘牛場の中へと入っていく。

人気の的《まと》は、エスカミーリョ。彼の姿が見えると、ひときわ大きな喚声があがる。」

M11（No.26）行進曲と合唱（合唱　子ども合唱）

曲の後半でエスカミーリョがカルメンと共にさっそうと登場

［M11終る］

エスカミーリョと合唱、上手（闘牛場を想定）に退場。子どもたちは下手に退場。カルメンもエスカミーリョについて退場しようとするが、次のM12の運命のモチーフに衝撃を受け、立ち止まる。（ストップ・モーション）――ふりかえると下手にホセがひそむようにいる。

M12　運命のモチーフ

冒頭の前奏曲M１の後ろにあらわれる〝運命のモチーフ〟の10小節

［M12終る］

N９「――《カルメン》誰《だれ》？

――《ホセ》カルメン！　お願いだ。もう一度やり直そう。どこか遠いところ、誰も知らないところに行って、二人だけで……

――《カルメン》もう、全《すべ》ては終ったのさ。

――《ホセ》おれはおまえが好きだ、好きなんだ。ああ、カルメンおれを見捨てないでくれ！

――《カルメン》（ふふふ……）あたしは自由に生れ、自由に死ぬのさ。」

M13（№27）二重唱と終りの合唱（カルメン　ドン・ホセ　合唱）

闘牛場の中に走り去ろうとするカルメンをホセはとらえ、短刀を抜き放ち、殺す

完

オペラ「椿姫」より

組曲「ラ・トラヴィアータ」

二〇〇八年作

○凡例

デュマ原作、ヴェルディ作曲オペラ「椿姫」より主要曲を選び、ナレーションを加え演奏会用組曲に構成された作品。

N…ナレーション。本作品では、ドラマの主人公ヴィオレッタが語るナレーションで物語が進められていく。全て「陰の声」。

M…音楽。

○初演

第七回防府音楽祭／二〇〇八年一月十四日　於防府市アスピラート

企画／田中雅弘

演出／浜田嘉生

キャスト

ヴィオレッタ／日比野幸

アルフレード／藤田卓也

ジェルモン／河野克典

アンニーナ／西田佳子

グランヴィル医師／浜田嘉生

バレエ／原田綾子

ナレーション／鈴木久美

指揮／梅田俊明

防府音楽祭管弦楽団　防府音楽祭合唱団

［オーケストラ、合唱団板付。
指揮者登場。］

N1（陰の声）
「アルフレード、今、どこにいるの？
会いたい、
せめて一度だけ、お会いしたいのです。」

M1　前奏曲（オーケストラ）

［M1終る］

N2「歌と踊りにあけくれる華やかな宴《うたげ》の日々、
そんなある夏の夜、アルフレード、あなたは初めて私の館《やかた》に姿をあらわした。」

M2　導入部（冒頭の29小節）

【M2終る】

M3　乾杯の歌（アルフレード　ヴィオレッタ　合唱）

アルフレード（下手より）、ヴィオレッタ（上手より）登場。

【M3終る】

合唱団、左右に退場――別の舞踏の場に移動する格好。
ヴィオレッタも上手に退場しようとするが、

数歩よろめき倒れそうになる。みんな驚くがヴィオレッタは、大丈夫と、次の部屋への移動を促す。
アルフレード、かけより、ヴィオレッタを抱き起こす。

N3「私が病《やまい》に臥《ふ》せると、いつも心配して容子《ようす》を訊《き》きにきてくれた人、それがアルフレード、あなただったのね。
その夜、あなたは一年ごしの熱い想いを私に告げた。それは、一途に思いつめた、清らかな愛の告白、……私はとまどった。」

M4　二重唱〝幸せなある日〟（アルフレード　ヴィオレッタ）

［M4終る］

アルフレード、とまどっているヴィオレッタに未練を残しながら、下手に退場。

N4「ふしぎだわ、このときめき、この胸の高鳴り。私はどうすればいいの？　私の知らなかったこの喜び――愛し愛されるなんて。……でも、私には似合わない、……」

M5　ああ、そはかの人か（ヴィオレッタ）

［M5終る］
［ひき続き］

M6　花から花へ（ヴィオレッタ）

ヴィオレッタ、M6後奏中に上手に退場。

［M6終る］

M7　私のたぎる心の（アルフレード）

前奏（オケのみ――冒頭13小節）

アルフレード、弾《はず》むように、下手より登場。

（前奏終る）

N5「私は遂に、喧噪のパリを離れた。
富も名誉も、華やかな宴もすべて捨て、そしてアルフレード、
あなたと二人だけの静かな田舎のくらしを始めた。
あなたはどんなに、この新しいくらしを喜んでくれたか……」

［アリア、始まる］

ヴィオレッタM7の終り（アレグロの3小節前あたり）、上手より登場し、歌い終ったア

ルフレードと抱擁するなど愛の生活の一端を示す。

アルフレード上手に退場。

ヴィオレッタもいっしょに退場しようとするが、ふと振り向き来客の到来に驚き、ストップモーション。
ジョルジョ・ジェルモン　下手より静かに登場。

［M7終る］

N6「夢のような日々、今まで考えてもみなかった幸せな毎日。

そんな或る日、何の前ぶれもなく一人の初老の紳士があらわれた。

ジョルジョ・ジェルモン——アルフレード、あなたの父親だった。

ジェルモンは、私にあなたと別れるように、真実息子を愛しているなら、どうか息子の将来のために身を引いてもらいたい、と懇願《こんがん》した。

ああ、私はトラヴィアータ、一度でも道を踏み外した哀れな女には、再び生れ変る希望もないのだわ！」

M8　二重唱〝美しく清らかなお嬢さんにお伝え下さい〟（ヴィオレッタ ジェルモン）

［M8終る］

ヴィオレッタ、下手に退場。

ジェルモンはそのままステージに残り、上手からの息子アルフレード（実際は登場しないが）を迎える格好。


N7「その日のうちに、私はパリに発《た》った。

『もう愛していない』と私が書いた偽《いつわ》りの手紙を読んだ時の、アルフレード、あなたの驚きは！

悲しみに打ちひしがれたあなたの元《もと》にジェルモンがあらわれ、懸命《けんめい》になぐさめたという。

『愛する息子よ、ふるさと、プロヴァンスの海と土地を、誰がおまえの心から奪い取ったのだ。』」

M9　プロヴァンスの海と土地（ジェルモン）

［M9終る］

ジェルモン、下手に退場。

M10　第二幕終曲（冒頭の16小節をリピート）

合唱団、左右から登場。

［M10終る］

N8「私がその日のうちに舞い戻ったパリの社交界、それは、かっての遊び仲間、フローラの館《やかた》で開かれる仮面舞踏会だった。」

M11　ジプシーの合唱（バレエ　合唱）

バレエ（コーラス・メンバーに囲まれたステージ中央で）

ヴィオレッタM11の終りの方で、上手より登場している。

［M11終る］

バレエ・ダンサー、下手に退場。

N9「ああ！
アルフレード！
あなた、……来たの!?」

ヴィオレッタの驚きの声

アルフレード、ヴィオレッタの姿を見つけ、
下手より激昂してかけ込んで来る。

M12　この女はわたしのために（アルフレード　合唱）

アルフレード、ヴィオレッタを激しく非難し
客達（合唱）の前で侮辱する。

［修羅場のステージ］

客達は驚き、ヴィオレッタに同情、ほとんど
失神状態のヴィオレッタをいたわる。
やがて、アルフレードは興奮もしずまり、悔
恨の思いにかられ、合唱の途中で消沈して、
下手に退場。

［M12終る］

合唱団、左右に退場。ステージ照明はゆっくりF・O
中央のヴィオレッタの姿だけが残るが、やがて完全に見えなくなる。

――暗転――

M13　第三幕前奏曲（バレエ　オーケストラ）

バレエ（愛と死、落魄したヴィオレッタの心情を象徴するムーヴメント。）

［M13終る］

バレエ・ダンサー、下手に退場。入れかわるように、ヴィオレッタ下手から手紙を持って、ゆっくりと登場。

N10「『あなたは約束を守られた。
私は、アルフレードに全《すべ》てを打ちあけました。
彼は今、旅に出ていますが、あなたにお許しを乞うため、
すぐに駆けつけるはずです。
私も急いでまいります。ジェルモン』

もう、おそいわ！」

M14　手紙「あなたは約束を守られた」
——アリア「さようなら　過ぎ去った日々」（ヴィオレッタ）

手紙（「もうおそいわ」E'tardi!）まで。次の10
小節をカット。

N11「おお、神よ！
命の灯《ともしび》は、今消えようとしている。
道を誤ったこの女の願い、
どうか叶えて下さい、
どうかお許し下さい……」

M14アリア（アンダンテ・モッソ6／8より）始まる。

合唱団、左右から登場。カーニバル（謝肉祭）を祝う群衆である。

しかし、ヴィオレッタには人々の姿は全く見えていない。ひとり遠く街を望みながら、アルフレードのことを想っている。

［M14終る］

N12「そう、今日はお祭り、
朝から街が賑やかだと思ったら、待ちに待ったカーニバルなのね。
でも、私には縁《えん》のないこと。
ああ、私はすっかり変ってしまった。こんなにやつれてしまった。
グランヴィル先生は希望を持つようにと励ましてくれるけど、
私にはわかっている。
命はあとわずかしか残されていない、……

（合唱団、登場し終って）

アルフレード、今どこにいるの？
会いたい、せめて一度だけ、生きているうちに、お会いしたいのです。」

M15　バッカナーレ（合唱）

合唱、最後のフレーズ（2／4）で歌いながら左右に退場。

［M15終る］

空《から》になったステージ、アルフレードが下手に立っている。
窓外をながめていたヴィオレッタふりむき、気付く。

アルフレードかけよる。

抱擁。

N13「どんな人間も、どんな悪魔でも、もう私達を引きはなすことは出来ない。
パリを離れましょう。
パリを離れて、いっしょに暮らしましょう。」

M16　二重唱　パリを去ろう（アルフレード　ヴィオレッタ）

ジェルモン、グランヴィル医師（下手から）
アンニーナ（上手から）登場。

［M16終る］

N14「ああ、ジェルモン、
グランヴィル先生、
アンニーナ、
みんなみんな、来てくれたのね、この世で一番大切なみなさんに見守られ、私は息を引きとる……
アルフレード、ありがとう
あなたは本当の愛を、真実の愛を教えてくれた……
ヴィオレッタは、幸せでした。」

M17 フィナーレ（ヴィオレッタ　アルフレード　ジェルモン　グランヴィル医師　アンニーナ）

アンダンティーノ3／8拍子の冒頭小節を⊙
そこに、

N15「ふしぎだわ、
苦しくない、
……私、生きられるのかしら？」

アンダンティーノ3／8拍子につづく。

ヴィオレッタ、崩《くず》れるようにアルフレードの
腕の中で息をひきとる。

完

オペラ「蝶々夫人」より

組曲「マダム　バタフライ」

二〇〇九年作

○凡例

プッチーニ作曲オペラ「蝶々夫人」より主要曲を選び、ナレーションを加え、演奏会用組曲に構成された作品。

N…ナレーション。本作品ではピンカートンの友人シャープレスのナレーションでドラマが進められていく。全て「陰の声」。

M…音楽。

○初演

第八回防府音楽祭／二〇〇九年一月十一日　於防府市アスピラート

企画／田中雅弘

演出／浜田嘉生

キャスト

蝶々さん／森田裕子

ピンカートン／藤田卓也

シャープレス／河野克典

スズキ／宮内朋子

ケイト／西田佳子

こども／岩本彩花

バレエ／原田綾子

ナレーション／江口雄二

指揮／梅田俊明

防府音楽祭管弦楽団　防府音楽祭合唱団

［オーケストラ、合唱団（女声合唱）板付。
指揮者登場］

M1　導入曲（第一幕）

［M1終る］

N1（陰の声）
「長崎の海は、青い。
ピンカートンよ、お前が故国《くに》に帰ってから、もうどのくらいの時が経《た》ったのだろうか……。

ピンカートンと領事シャープレス、下手より登場。

この丘の上にかけ上り、花嫁を迎えたあの日のこと、……
世界の海をかけ巡り、すてきな女性とめぐり合う恋の冒険、恋の楽し

みを語る、そんなおまえの、あまりにもの軽薄さにあきれながらも、
共に我がアメリカを讃《たた》え、前途を祝したあの日のことを、
今、思い起こしている。」

M2　さすらいのアメリカ人は（ピンカートン　シャープレス）

歌い終ったピンカートンとシャープレス、
上手で、花嫁・蝶々さんの登場を迎える。

［M2終る］

N2「坂の下の方で、明るく陽気な女たちの声が聞こえ、
やがて、花嫁が姿をあらわした。
広い空、青い海、さまざまな花が咲き誇る、この美しい丘の上に、
そよ吹く春風のように、花嫁、蝶々さんがあらわれたのだ。」

M3　なんと広い空と海が（蝶々さん、女声合唱）

蝶々さん、歌いながら下手からゆっくり登場。

［M3終る］

次のN3（ナレーション）の途中から、合唱団左右に分かれて退場。シャープレスも上手に退場。

ステージ中央に蝶々さんとピンカートンの二人が残される。

N3「結婚式が開かれ、祝宴が始まろうとする、まさにその時だった。一人の男、蝶々さんの伯父にあたる僧侶がかけ込んできて、『よくもお前は、ご先祖様と我《われ》らを捨て、外国の神に走ったな！』と、蝶々さんを激しく罵倒し、非難した。蝶々さんのヤソ教への改宗をその時初めて知った人々は、驚き、あきれ、怒り、早々《そうそう》にその場を立ち去った。

蝶々さんは、うずくまり、泣く。その蝶々さんを、ピンカートンがやさしく、懸命にいた

わる。それにWって

ピンカートンよ、蝶々さんを、心の底から愛《いと》おしく思ったのは、その時だったにちがいない。

『お国では、蝶々をつかまえてピンで板に突き刺す……って本当ですか？』

と尋《たず》ねる蝶々さんに、おまえは答えた。

『それは、どこへも逃がさないためだよ、僕は今、君をつかまえた。もう放さない。どこにも逃がさない。』

夕やみが迫り、星が輝く夜空の下で、二人は愛を語った。」

M4　愛の二重唱「幸せをください」（蝶々さん　ピンカートン）

後奏で
ピンカートン、蝶々さん　上手に退場。

［M4終る］

M5　導入曲（第二幕第一場）

N4「『駒鳥《こまどり》が巣をつくるころには、必ず戻ってくるよ』

そう言って、ピンカートン、おまえはアメリカに帰って行った。

……それから、三年経《た》った。

女中のスズキは、

『外国人の夫が戻ってきたのを聞いたことがない』と嘆く。

しかし、蝶々さんは『必ず戻る』と言った言葉を信じ、ひたすら、おまえを待っていた。


【M5終る】

蝶々さん、上手より登場。

ある晴れた日に
海のむこうに一筋《ひとすじ》の煙が上り、
白い船があらわれる

あの人が帰って来た、
でも、私は迎えには行かない
この丘に立っている

しばらくすると
街の人並をかきわけて
あの人だけ丘に向かってくるのが見えてくる。」

M6　ある晴れた日に（蝶々さん）

［M6終る］

歌い終った蝶々さんは、歌の途中上手からそっと登場していたスズキと感極まり、抱き合う。

いつのまにか、ステージ下手の端に領事

シャープレスが立っている。シャープレス、ステージ中央の二人には背を向け、ふところから手紙を取り出しそれを読む所作、（それにWって）

N5「友よ、あの美しい娘を是非一度訪ねてもらいたい。

多分、もう私のことは覚えていないと思うが、……

もしもまだ蝶々さんが私を愛していて、私を待っているようなことがあるとすれば、……

領事殿には、どうか事《こと》を慎重に運んでもらいたく……

彼女の心に、それなりの用意を……」


シャープレスの来訪に気付いた二人。スズキがかけ寄り迎え入れようとする。

シャープレスはあわてて手紙を収《おさ》め、蝶々さんに会う。スズキは上手に退場。

M7　手紙の二重唱「おかけ下さい……」（蝶々さん　シャープレス）

［M7終る］

歌い終ったシャープレスは蝶々さんを残したまま下手に退場していく。訝《いぶか》しげにシャープレスを見送っている蝶々さん。


N6「駄目だ！

私には、とても本当のことが言えなかった。

蝶々さんは、まるで疑《うたが》うということを知らない。

それよりも、何ということだ！　ピンカートン、子供がいるのだ！

おまえがアメリカに帰った後に生まれた男の子、青い目をした、玉のようなかわいい子供と二人で、おまえの帰りを待っている……


ステージ下手端で立ちどまっていたシャープレス、思いきったように下手に姿を消す。

そして、遂に、その日がやってきた。

ある日、突然、大砲の音が鳴りひびき、海のかなたに、白い船があらわれた。
星条旗がひるがえり、エイブラハム・リンカーン号が姿をあらわしたのだ。」

スズキが上手より躍り出てきて、ステージ中央の蝶々さんに海のかなたを指さし、知らせる。狂喜する二人。

M8「軍艦です！」（蝶々さん　スズキ）

[M8終る]

N7「二人は、部屋の中を、花いっぱいにして、おまえを迎えようとした。
桃、すみれ、ジャスミン、ばら、……
庭に咲いたあらゆる花を摘《つ》みとり、部屋の中にその花びらを散らした。」

M9　花の二重唱（蝶々さん　スズキ）

M9後奏で2人、上手に退場。

合唱団、左右より登場。

【M9終る】

N8「蝶々さんは急いでスズキに手伝わせ、晴れ着に着替え、障子に穴を三つあけた。
一つの穴から蝶々さん、一つの穴から子供、一つの穴からスズキが外を眺め、おまえを待ったのだ。……
息をひそめ、じっと動かぬ三人の上に、いつしか夜の帳《とばり》が降りてきた。
やがて、子供は座ぶとんの上に仰向《あおむ》けになり、スズキは座ったまま寝《ね》入《い》ってしまう。

合唱団、登場し終ったところで、晴れ着を着た蝶々さん、上手端に立ち、ピンカートンを待つ。

蝶々さんは一人、庭に出て、海の方を眺めた。
ピンカートン、おまえを待った。」

M10　ハミング・コーラス（合唱）

［M10終る］

M11　前奏曲（第二幕第二場）

冒頭18小節の間に、合唱団下手に退場。男性

（男声合唱）は下手ベタに残る。
バレエダンサー上手より登場、蝶々さんと入れ替りにスタンバイ。
蝶々さん上手に退場

［バレエ］

ピンカートンを待つ蝶々さんの想い。

三年前のピンカートンと過した幸福な愛と喜びの生活の回想、ピンカートンを迎えこれからの新たな生活への期待、夢など様々な想いを象徴するムーヴメント

男声合唱、（バレエダンサーは上手に）退場

［M11終る］

ステージ下手端に、ピンカートンとシャープ

レスがあらわれる。

N9「こんなに朝早くやって来たのは、スズキに会うためだった。
おまえには、すでに、アメリカ人の奥さんがいるということ、
何とかして、子供だけをつれ帰りアメリカで一緒に暮らしたいという
ことを話し、彼女にその手助けを頼むためだった。

スズキ、上手より登場。ピンカートンの姿に気付き、驚きの叫び声をあげようとするのを、シャープレスが「しっ！」と口に指をあて、制する。

急いで蝶々夫人に知らせに行こうとするスズキの前に、シャープレス両手をひろげ立ちはだかる。

そんな二人の動きをよそに、ピンカートンはなつかしく部屋をながめ、感慨にふける。瞬時にすべてを覚る。

言った通りだろう、ピンカートン、今、この瞬間に、おまえは、すべてを知った。すべてがわかった。

ひたすら信じ、待ち続けた蝶々さんの、真実の愛。とり返しのつかないことをしてしまった己《おの》れの罪の深さ
いたたまれなくなったおまえは、この思い出の家、なつかしい愛と喜びの家から、立ち去ろうとする。」

M12 さらば、愛の家よ（ピンカートン シャープレス）

後奏で、ピンカートン下手に退場。

［M12終る］

N10「かくして、ピンカートンよ
おまえは、我々の前から姿を消した、否《いや》、消そうとした。
気配《けはい》をいち早く感じた蝶々さんは、必死でおまえの姿を捜す……
それから後に起った出来事、あの、傷《いた》ましくも悲しい出来事について

は……、
私はもはや、語ることができない。」

M13「スズキ！　どこにいるの？」（蝶々さん　スズキ）

スズキを呼ぶ蝶々さんの声が聞こえ、上手より蝶々さん、かけ込んでくる。

とめようとするスズキの手を振りはらい必死にピンカートンの姿を捜す。

ピンカートン夫人（ケイト）が指揮者の花道に立つ。蝶々さん、気がつき、じっと見つめる。「誰？」と声をかけるがやがて、夫人の姿は下手に消える。

スズキが泣く。蝶々さんはすべてを悟る。

崩れるように膝を折りうずくまる蝶々さん、

スズキが、かけよる。

［M13終る］

M14「坊やはどこ？」（蝶々さん　スズキ）

蝶々さんは、残ろうとするスズキを無理に立ち去らせ、一人になる。

決心したように、短刀をとり出す。

M15　フィナーレ（蝶々さん）

蝶々さん、自決しようと短刀をふりかざした。
その瞬間、子供が、かけ込んでくる。
（スズキが上手より子供をステージに押し出す）

蝶々さん、子供に別れを告げ、想いのすべてを語り、やがて「遊んでおいで」と子供を上手に退場させる。

蝶々さん、自害。

ピンカートンの「蝶々さん！」と呼ぶ声が聞こえてくる。

完

音楽構成　「若きベートーヴェン」

二〇二二年作

○凡例

N…ナレーション。ステージ下手で進行。

対する「ベートーヴェンの声」（ベートーヴェンの手紙にもとづくもの）は陰の声。

ただし「ベートーヴェンの声5」（ハイリゲンシュタットの遺書より）のみ、ステージ上手に登場。

演奏は全て、ステージ板付。

○初演　第二十一回防府音楽祭／二〇二二年一月十日　於防府市アスピラート

企画／田中雅弘

ナレーション／池田桂子

ベートーヴェンの声／浜田嘉生

ピアノ／刀根由貴子　友清祐子

クラリネット／原田美英子

ファゴット／徳久英樹

ホルン／西條貴人

ヴァイオリン／田村昭博

ヴィオラ／鈴木まり奈

チェロ／広田勇樹

コントラバス／山崎　実

指揮／清水醍輝　防府音楽祭管弦楽団

N1（下手に登場）

「クリスチャン・ネーフェという音楽家が、ドイツの地方都市デッサウで亡くなったのは、一七九八年一月のことです。

その知らせが、当時ウィーンで新進音楽家として活動していたベートーヴェンのもとに届《とど》いた時、ベートーヴェンは大変驚き、深い悲しみに襲われました。

クリスチャン・ネーフェこそ、幼いベートーヴェンにピアノと作曲を教えた、すぐれた音楽家だったのです。

逸早《いちはや》くベートーヴェンの才能をみぬき、音楽の喜びと音楽の本当の素晴《すば》らしさを、しっかりと少年の胸に植えつけていった彼の功績は、はかり知れないものがあります。

ネーフェは、当時の音楽雑誌に次《つぎ》のような文章を載《の》せています。

《十二歳の少年ベートーヴェンは前途有望な才能の持主《もちぬし》である。バッハの平均律《へいきんりつ》クラヴィーア曲集のほとんどの曲を立派に演奏できる。又作曲の方でも最近、自作の曲集を出版するなど驚くべき天才ぶりを発揮している。このまま行くと、必ずや彼は『第二のモーツァルト』となるであろう。》」

演奏1 「選帝侯ソナタ第1番変ホ長調」より第一楽章

N2「ベートーヴェンがウィーンに到着し、いよいよこの大都会で活動を始めたのは一七九二年の晩秋、十一月のことでした。

たちまち貴族のサロン、社交界で、彼の演奏のみごとさ、ことに即興演奏のすばらしさが大評判となり、一躍《いちやく》『話題の新人』と騒がれるようになります。

ウィーンに来てわずか二年後の一七九五年三月には、公開演奏会の大《おお》舞台《ぶたい》に登場し、自作のピアノ・コンツェルトを演奏、又五月には待ち望まれた作品第一番を出版、――新人ピアニスト、新人作曲家としてウィーン楽壇《がくだん》に華々しくデビューを飾《かざ》りました。

幸運なすべり出し、ベートーヴェンの未来は、光り輝いていました。」


演奏2「七重奏曲　OP.20変ホ長調」より第一楽章と第三楽章

演奏が終わるとステージは暗くなり、一瞬、漆黒の闇《やみ》、その中からきこえてくる陰の声、そしてゆっくりとベートーヴェンの肖像がうかび上る

ベートーヴェンの声１
「親愛なるヴェーゲラーよ、大変なことになった。僕の耳が聞こえなくなってきたのだ。昼も夜も、ひっきりなしに耳鳴りがして、とまらない。役者のセリフが、オーケストラのすぐ側《そば》まで行かないと聞こえない。ちょっとでも離れると、楽器の音も歌手の高い音も、まるでわからない。人と話をする時だって、小声で話されると、聞こえてはいるのだが何を言っているのか、さっぱりわからない。
何ということだ。こんな状態が、もう三年も前から始まっているのだ。」

N3「一八〇一年六月二十九日付《づ》けで、ボン時代からの友人ヴェーゲラー宛《あて》に書いた手紙です。

三年前というと、一七九八年、ベートーヴェン二十七歳、——次々《つぎつぎ》と新作を発表し、ウィーン楽界の若きホープとして精力的に活動している、まさしく『順風満帆《まんぱん》』の時でした。そんな時に突然、耳が聞こえなくなるという災難が降りかかったのです。

音楽家の耳の衰《おとろ》え、これだけは絶対に人に知られてはならない、と三年の間《あいだ》、誰にも言わず我慢していたベートーヴェンは、遂にこらえきれず、友人ヴェーゲラーに打ち明けたのでした。」

ベートーヴェンの声2

「僕はこれまで何度となく、創造主《そうぞうしゅ》を呪った。僕をこんな危険にさらした神を呪った。

*

ああ、この災《わざわい》から逃《のが》れられれば、僕は全世界を抱きしめてやるのだが。僕の青春は今始まったばかりなんだ。人生はうるわしい、生きることはすばらしいのだ。

*

運命の喉《のど》っ首をつかまえてやる。へたばってたまるものか。」

演奏3　ピアノ・ソナタ「悲愴」OP.13ハ短調　第一楽章より

N4「先《さき》の友人ヴェーゲラーへの手紙から半年近くたった十一月の中旬、ベートーヴェンは再《ふたた》びヴェーゲラーに手紙を書いています。

医師たちのすすめる様々な療法を手《て》当《あた》りしだい試みているが、一向に耳がよくなる兆《きざ》しが見えない、とその後《ご》の経過を詳しく報告しています。

その途中、……

ふと、手紙の内容が変ります。まるで、暗闇《くらやみ》の中に光がさし込んできたように、ふいに、ベートーヴェンは明るい顔をのぞかせます。」

ベートーヴェンの声3

「今、僕はいくらか楽しい生活をしている。いや、とても幸せだ。今度の変化は、魅惑的な一人の少女のおかげなのだ。彼女は僕を愛してくれている。僕も彼女を愛している。
ああ、何年ぶりだろう、幸福な時がやってきた。
結婚して僕は幸せになれるだろう、こんなことを考えたのは初めてだ。
ただ、……ただ残念ながら、身分がちがうのだ。とても今、結婚なんか出来ない、……」

N5「イタリア生まれの、貴族の令嬢ジュリエッタ・グイッチャルディとの恋愛、
耳の病《やまい》という苦悩のまっ只中《ただ》で芽生えた、一人の少女へのひたむきな思いでした。
ベートーヴェンはこの女性の愛によって救《すく》い出されること、幸せになることを、ひたすら願っています。」

演奏4　ヴァイオリン・ソナタ「春」OP.24へ長調　第一楽章より

演奏5　ピアノ・ソナタ「月光」OP.27－2　嬰ハ短調　第一楽章より

N6「翌年《よくとし》の五月、ベートーヴェンはウィーンを離れ、郊外のハイリゲンシュタットに引きこもりました。

あえなくも消え去った恋、ほとんど良くなる見込みもなくなった耳の病《やまい》、――

絶望のどん底に突き落とされたベートーヴェンは、なおかつ光《ひかり》を求めて、闘いました。死と生のはざまに立った壮絶《そうぜつ》な闘いをくり返しました。

そして、秋も深まった十月のある日、弟たちにあてて、一通の手紙をしたためました。」

ベートーヴェンの声4
「わが弟、カールとヨハンよ、
お前たちは、私を意地悪で強情《ごうじょう》っ張《ぱ》りで、大《だい》の人間ぎらいと思い込み、人にもそう言いふらしてきた。
それがいかに不当なことか、お前たちは、私がそうみえる本当の理由を知らないのだ。
考えてもみよ、六年この方《かた》、私は不治の病《やまい》におかされてきた。

おお、人に向かって『私は耳がよく聞こえません、もっと大きな声で話してください、叫んで下さい』などと、誰が言えようか！」


N7「世に『ハイリゲンシュタットの遺書』として知られている文書《ぶんしょ》です。でも、これは遺書ではありません、けっして、自《みずか》ら命を絶とうとして書かれたものではありませんでした。

あるいは、
ベートーヴェンは近いうちにやって来るかもしれぬ死を予感し、その日のために筆を執《と》ったのかもしれません。

そして、書きすすめるうちに湧《わ》き上ってくる生きることへの意志、新たな生《せい》への意志をはっきりと自覚し、それを確かめようとして行ったのかもしれません。

『ハイリゲンシュタットの遺書』は死の遺書ではなく、生の確認と新たな宣言《せんげん》の文書でした。」

ベートーヴェンの声5（上手に登場）
「耳が聴こえないという屈辱《くつじょく》、私は絶望し、もう少しのところで命を絶《た》とうとしたこともあった。ただ芸術が、芸術だけが私の自殺をひきとめたのだ。ああ、私は自分に課せられている使命を果たすまでは、この世を去ることはできない。

忍耐だ、そうだ忍耐こそがこれからの私の導き手となる、私は決心した。情《なさ》け容赦《ようしゃ》のない運命の女神が私の命の糸を断《た》ち切る日まで、この気持を持ち続けたい。

＊

不幸な人々よ、自分と同じ不幸な人間が、自然のあらゆる障害にもかかわらず闘い、力のかぎりを尽くしたということを知って、慰《なぐさ》められるがよい。」

＊

N8「十月の末、半年に及んだハイリゲンシュタットの生活をきりあげ、ベートーヴェンはウィーンにもどりました。

オーケストラ入場

街中《まちなか》をかけ抜ける馬車、忙しく行き交《か》う人々、――久しぶりのウィーンは、活気に充《み》ちていました。

ベートーヴェンの中では、新たな出発が始まっていました。次々《つぎつぎ》とわき上るゆたかな楽想、あふれ出るメロディー、大シンフォニーの創造と完成、――構想はぐんぐん広がります。

ベートーヴェンは今、力強い一歩を踏み出そうとしていました。
『傑作の森』の中に、分け入ろうとしていました。」

演奏6　ピアノ協奏曲第3番　OP.37　ハ短調　第一楽章より

完

○音楽エッセイ

モーツァルトの死

二年前に、大学時代の同級生が癌でやられた。油断ならない。いくら今の時代、寿命が延びたとはいえ、うっかりしていると、ひょいと死神にうしろ襟をつまみ上げられ、ずるずると死の淵にひきずり込まれてしまうかもしれない。そんな不安が胸をよぎることがある。五十代半ばを過ぎようとする年齢のせいだろうか。

しかし、モーツァルトは三十一歳の若さで、死を語っている。

「死は（厳密に言えば）ぼくらの人生の真の最終目標ですから、数年来ぼくは、人間のこの真実の最上の友と非常に親しくなっています。……ぼくはいつも床につくとき、ことによると明日は、（まだこんなにも若いのに）もう生きていないかもしれないと思わないことはありません。けれどもぼくを知っている者で、ぼくが人とのつき合いで不機嫌だとか悲しげだとか言える者はいないでしょう。そして、この幸福をぼくは毎日、創造主に感謝しています。」（高橋英郎訳）

ふしぎな手紙である。何故、死は三十一歳のモーツァルトにとって、恐怖でなくて「最上の友」なのか？それに、「いつも床につくとき、ことによると明日は、もう生きていないかもしれないと思わないことはありません。」とは、つまり、モーツァルトは毎晩ベッドに入るたびに死んでいるということではないか。わからない。「ドン・ジョヴァンニ」から「弦楽五重奏ト短調」、「アイネ・クライネ」、そして三大シンフォニーへと、短い生涯に於ける創作上の極点に昇りつめようとする、この時期のモーツァルトが書いた、ふしぎな手紙である。しかも、この手紙は、これらの名作と確かな均衡を保っているようにさえ思われる。

＊

三島由紀夫の「座右の書」が、『葉隠』であったという。西欧の作家、たとえばコクトーとかオスカー・ワイルドなどへの傾倒ならわかる。しかし、よりによって『葉隠』がこの天才作家の文学活動を支えてきた一冊の本であったということに、意外な感じを持った。

「武士道といふは、死ぬ事と見付けたり」という有名な一句しか知らない私には、『葉隠』は依然、ファナティックな忌まわしくあやしげな書という先入観がある。しかし、この「死ぬ事と見付けたり」という一句自体が『葉隠』全体を象徴する逆説なのだ、と三島は言う。なるほど、山本常朝の生きた時代は江戸も中期、戦のない太平の時である。柔弱化した武士（さむらい）たちに、常朝は、真の男の生き方を説く。毎日、死を念頭に据えることにより、毎日、生に光をあてる。生を志向する。死から逆に、生を投射する。これが三島の言う「逆説」なのであろうか。とすれば、『葉隠』は決して「死のすすめ」ではなくて「生のすすめ」の書ということになるのであろうか。

＊

死を思うことは、健康な時には出来ない。

昨年の秋、私は胃の調子がおかしくなり、ついに、生まれてはじめて、胃カメラを呑んだ。検査員の表情などから極端に思わしくない状況を推しはかり、結果が判るまでの一週間、煩悶した。夜中の二時頃、はたと目を覚まし、朝まで眠れない。とうとうやられたか、摑まえられたかと、本気で死について考えた。考えたと言っても、ほとんどそれは恐怖をともなった妄想である。何をどう思いめぐらせようとも未知の死に対しては憶測の域を出ず、何らまとまった思念はもたらされない。只、妄想の中でしきりに思ったことは、「人間というものは、毎日なんと無駄なことばかりをやっていることか、一番やらなければならないことを一番後回しにしている。」という焦燥の念である。では、その「一番やらなければならないこと」は何か？　と問われると、それが巧く答えられそうにない。しかも、この切迫した思いが、一週間後、結果が良好とわかってからは、きれいさっぱりと忘れ去られ、また元の惰性にもどり、凡俗な日常の雑事に埋没しているのである。

＊

映画「生きる」の主人公は、胃癌で数ヶ月後は命がないということを知る。まず、死の恐怖から息子の愛情にすがろうとするが、打算的な息子夫婦に冷たくされる。絶望した彼は、酒を飲み、歓楽街をさまよい、快楽に没頭して死を忘れようとする。しかし、快楽にふければふけるほど、ますます死の恐怖から逃れられない。

ある日、喫茶店の二階で、玩具工場で働く女の子から、おもちゃを作る楽しみや、どんなにささやかでも何かを創造することが生きがいにつながるのではないか、という話を聞く。彼は霊感に打たれたように立ち上り、自分にも何かが出来る、と喫茶店の階段をかけ降りていく。この男の、「生きる」瞬間である。あたかも、それを讃えるかのように歓声とコーラスがわき上るが、それは、すれ違いに階段を上ってくる女学生の誕生日を祝うものである。二人とも「生きている」。しかも、女学生は階段を上るが、男は降りて行かねばならない。黒澤明の創り出した数々の名シーンの中でも最もすぐれたシーンの一つであろう。

かつて、部下からミイラと綽名され無気力そのものであった主人公は、数ヶ月の命という絶体絶命の窮地に立たされ、初めて、生きがいを見出す。死を目前にして、初めて、生き始めるのである。市役所の一市民課長という分限を超えて、下町の一画に公園を創る、という事業に、数ヶ月の命を燃焼させていく。

＊

しかし、モーツァルトは、映画「生きる」の主人公とはちがう。数ヶ月後に命がなくなる、という極限時にはいない。死はまだ姿を見せていない。一七八七年のモーツァルトは、経済的には早くも破綻のきざしがあらわれているものの、本人自身、肉体的にも精神的にも充実している。その、青春の輝かしい時期に、モーツァルトは死を最上の友と呼び、毎晩ベッドに入るたびに明日は生きていないかもしれぬ、と思ったのである。毎晩死ぬということは、毎朝生きるということであろう。死を目前に据えることにより生を志向する。その強靱な精神が傑作の数々を生み出していくのだ。

翌一七八八年の「奇蹟の二ヶ月」に成る三大シンフォニーにこそ、この時期のモーツァルトの創造精神の極度な昂揚、クライマックスを見ることができよう。私は最近、シンフォニー第四十一番「ジュピター」全曲を、より分析的に、より丁寧に聴く機会があったが、その終楽章に至り、ポリフォニー楽句をたたみかけ全管弦楽がフォルティシモ（*ff*）で鳴る部分で、あたかも、天才がそのおそるべき天才の全容を一気にあらわにしたような、一種、畏怖に近いものを感じた。リルケは『ドゥイノの悲歌』の中で「すべての天使は怖ろしい」と歌っているが、その怖ろしさである。モーツァルトという天使に馴れ親しむことは出来るが、ひとたび至近距離をふみ越えると、想像を絶した力で私を圧する。死と生が表裏一体となった極限の場で、渾身の力を結集し作りあげた天才の強靱な生命力が、怠惰な私を撃つ。震撼させる。

＊

現実にモーツァルトに死が訪れるのは、数年後の一七九一年末である。この年の七月頃、モーツァルトの許に一人の男があらわれ、作曲を注文する。注文主の名を伏せ、レクィエムを注文したこのぶきみな男を、己の死の使者と信じたモーツァルトは、この曲の完成のために全力を傾注する。
九月頃に書かれたという宛名のない手紙が、このレクィエム伝説をモーツァルト自身が語る唯一のものである。

「私の頭は混乱しています。お話するのもやっとのことです。あの見知らぬ男の姿が、目の前から追い払えないのです。いつでも私はその姿を見ています。彼は懇願し、せきたて、せっかちにも私に作品を求めます。私も作曲をつづけています。休んでいるよりも作曲している時の方が疲れないのです。それ以外私には怖れるものとてないのです。」

（海老澤敏訳）

オリジナルも手写稿も残されておらず、偽作説も出ている問題の手紙であるが、当時のモーツァルトのおかれた状況と心境を語って余すところのないこのみごとな手紙を、私はモーツァルトの真筆として読む。

「私には最後の時が鳴っているように思われます。私は自分の才能を十二分に楽しむ前に終りに辿りついてしまいました。でも、人生はなんと美しかったのでしょう。生涯は幸福の前兆の下に始まりました。でも、人は自分の運命を変えることはできません。人は誰も自分で生涯を割りふることはできないのです。摂理ののぞむことが行なわれるのを甘受せねばなりません。筆をおきます。これは私の葬送の歌です。未完成のままに残しておくわけにはいきません。」

しかし、未完成のまま残り、弟子のジュースマイヤーがなんとかまとめあげて、現在のK.626レクィエムが在る。
モーツァルトの死後、この曲の注文主は、ある平凡な貴族で、匿名で作品を注文し自分の名で発表するという趣味の持主であったということが判る。また、レクィエムの注文は、その貴族の亡妻の追悼のためのものであったという。偶然が重なり、一人の召使がモーツァルトの許にあらわれたにすぎない。召使は死の使者でも何でもなかった。では、モーツァルトは見誤ったのか？　否、モーツァルトはやはり正しかった。この召使は、モーツァルトが信じたとおり、まぎれもなくモーツァルトの死の使者であったのだ。人は自分の運命を変えることは出来ない、とモーツァルトは言う。人は自分の生涯を割りふることなど出来ないのだ。気まぐれな一人の貴族が寄越した一人の召使が、死の使者に変貌する。それが、この天才を見舞った最後の運命であったのか。

ともあれ、死は、すでに数年前から、彼にとっては「最上の友」であったはずである。その友が今、近づいてきたのだ。

一七九一年十二月五日午前〇時五十五分モーツァルト死去

（山口芸術短大随筆集「椹野台」第九号に掲載／一九九七年）

「真夏の夜の夢・序曲」を聴く

シェイクスピアを読むことは、美味しいごちそうを食べるようなものだ、という意味のことを福原麟太郎がどこかで書いていた。どこに書いていたのかを今、確かめようとするのだが、さて捜すとなると、その箇所がどうしても見つからない。

福原麟太郎のような人は、正確に引用しないと、大切なニュアンスが失われてしまう。そうは思うのだが、どうしても見つからない。仕方がない。ここでは諦める。

＊

私は最近、何ということなしに、『夏の夜の夢』の文庫本を取り出してきて読みはじめた。名訳の評判高い、福田恆存の訳である。

シェイクスピアだからといって、別にこちらが構える必要はない。ソファーに寝ころんで、ふだんの私の読書スピードの三倍ぐらいゆっくりと読んでいった。それが幸いしたのか、なかなかおもしろい。意外と、おもしろいのである。

「リア王」や「ハムレット」ではとてもこうは行くまいと思うが、例えば、森の中をさまよう恋人たちや妖精たちの会話が、へんにしゃれている。スマートである。ストーリーの運びもごく自然で、無理がない。いつのまにか物語の中にひきこまれている。

とうとう読み終って、私自身がふしぎな「夢」を見たような気になった。久しぶりに、読書のたのしみを味わったようである。

なるほど、こういう楽しみを反芻しているうちに、いつかこの十六世紀の大天才の作品が、美味しいごちそうに思われる時がくるのであろうか?

*

うかつにも、私は失念していた。この有名な戯曲には、我がメンデルスゾーンのすばらしい音楽がある。まったく忘れていたのである。

あわてて、古レコードを取り出してみたことはもちろんである。戯曲をゆっくり楽しんだ後だ。恰好の下地が出来ている。私は期待感をもって、耳をかたむけた。

*

まず、コラール風の四つの長い音が木管で響き、すぐさま幻想の世界にさそい込まれる。あざやかな導入である。

弦の軽やかな旋律が、妖精がたわむれているように、ピアニッシモで揺れ動く。このさざ波の中、突如として、全管弦楽がフォルティシモで前面におどり出る。——メンデルスゾーン作曲「真夏の夜の夢・序曲」のはじまりである。

つぎつぎと表情ゆたかなテーマがあらわれる。中でも魅力的なのは、ライサンダーとハーミアの恋を思わせる、ゆるやかな下降旋律だ。いいようのない幸福感の中に、憂愁がただよう。メンデルスゾーン特有の憂愁である。

テーマをつないで行く経過的パッセージが自然で、その音の持っていき方が実に巧い。それは、シェイクスピアの戯曲の運びが自然であるようにメンデルスゾーンの音楽が自然である、とでも言うべきか。

やがて曲は中間部に入る。これが、ちょっと変わっている。妖精のテーマ、例の弦の細かい動きがピアニッシモのままで連めんと続くが、それは決して高潮しない。いささかも激しない。木管や金管、ティンパニーがからむが、どこまでも静謐なトーンを崩そうとしない。ふしぎな美しさである。夏の夜の、ヴェールに包まれた森を思わせる。その森の中では今、現実の人間である恋人たちと、超自然の妖精たちが、さまざまな夢を織りなしているのだ。透明な音空間が、ピアニッシモのままで、どこまでもひろがる。

ヴェールをとり払うように再び木管の四音が響き、再現部に入る。しかし、それは単なるテーマのくり返しではない。ふしぎな「夢」を体験した後の、いかにも落ちついた安定感と、テーマ再現の喜びにあふれている。

そして、いよいよ大団円。まさに愛の讃歌ともいうべき美しい旋律が、弦の強奏で高らかとうたわれる。

やがて木管の四音が響き、静かに終わる。

＊

みごとな音楽である。ゆたかな時の充実がある。こういう美しい音楽を聴いた後の喜びを、いったいどういう風に言えばいいのだろうか?

これはもう、美味しいごちそうではないか。そうだ、まさにこれこそ、福原麟太郎の言うごちそうではないか。

文学では臆病であった私も、ここでは大胆になる。そもそも音楽は文学よりもはるかに感覚的であり、それだけに原初的な味覚体験に近いはずである。

シェイクスピアを「聴く」ことは、まさに美味しいごちそうを食べるようなものだ。うまい酒を飲み、美味しいごちそうを賞味しているように、私は今、「真夏の夜の夢」を聴いている。一種の愉楽といっていい気持の中で、そんなことをしきりに思ってみた。

＊

それにしても、このみごとな音楽の料理人は十七歳の少年である。いかにもロマン派にふさわしい早熟な天才の出現といえよう。

おそらくメンデルスゾーンは、モーツァルト以来のもっとも天分に恵まれた作曲家にちがいない。否、モーツァルト以上であるかもしれぬ、と言えばいいすぎか。

この序曲の一年前、十六歳の時には、八重奏変ホ長調を書いている。同年代のモーツァルトの作品、例えばK.136の喜遊曲などに較べてみて、作品の成熟度からいってどちらとも優劣つけがたい。才能の開花という点ではむしろメンデルスゾーンの方が早いのではないか。

おそるべき才能、神の寵愛を一身にうけた天才の出現である。

人は、メンデルスゾーンの幸せな生涯と恵まれた境遇のことを口にするが、同じく恵まれたこの才能については、ことさら注意しようとはしない。メンデルスゾーンに関する誤解のはじまりが、案外、こんなところにあるのかもしれない。

メンデルスゾーンには、いつのまにか一つの通念ができ上っている。幸福な生涯を送った彼は、優しく美しい名曲を残した。しかし人生の苦労がなかったために、その作品には深みがない、――深みがないという通念である。

これがいかに間違ったものであるか、それに気付くためには、やはりもう一度、十七歳の時に「真夏の夜の夢・序曲」を書いたというこの奇蹟のような天分に、ひたすら思いを馳せてみる必要があるのではないか。

天才を真に理解するのは天才だけである。所詮、人は自分の身の丈に合わしてしか推し量ることが出来ない。では、天才を前にしてどうすればいいのか？

謙虚であること。己れを空しくすること。そして、虚心に耳をかたむけることであろう。全身一つの耳と化して、天才の音楽をひたすら聴くこと。これより他に方法があるとは思えない。

＊

「真夏の夜の夢・序曲」をくり返し聴くうちに確信を強くしていったことは、この序曲の中に後年のメンデルスゾーンの特質がみんな在る、少くともそれらの萌芽を見出すことが出来るのではないかということである。

優美、気品、憂愁、明晰、そして深み――それは、澄んだ深みである。

高雅な、まるで王者のようなおもむきを持ったメンデルスゾーン。私はしばらく、そんなメンデルスゾーン像を追ってみたいと思っている。


（山口芸術短大随筆集「椹野台」創刊号に掲載／一九八九年）

シューベルトの人生と音楽

マイナー・ポエットとよばれる人たちがいます。

大変すぐれた詩人なのですが、なにしろ短命である。若くして亡くなっている。それがために、生きている時にはそれほど大きな名声を得ることができなかった。社会的にはほとんど無名のまま一生を終っている。だから、マイナー・ポエット（二流の詩人）とよばれるわけですね。

ところが、その詩人が亡くなって何年か経ってみると、遺された作品が異様な輝きを持ちはじめ、大芸術家や大詩人、巨匠とよばれる人たちの作品にはみられない清らかさや純粋さに於いて、人々にとても新鮮な感銘を与えるようになる。

また、一見小さな世界、小市民的世界と思われていた作品が意外と大きな拡がりを見せはじめ、巨匠や大芸術家の作品とはちがった意味の鋭く、深い、人生の啓示を私たちにもたらすようになる。

こういう詩人たちのことを、マイナー・ポエットとよんでいます。

たとえば、中原中也、立原道造、八木重吉といったすぐれた詩人たちの名前が挙げられます。

あの珠玉の短篇を遺した梶井基次郎もそうだと思います。

私は最近、梶井基次郎の書いた「城のある町にて」と言う短篇をひさかたぶりに読み返してみたのですが、おどろきました。以前読んだ時には、別に何ということはない、身のまわりの出来事を綴ったスケッチ風の文章だ、ぐらいに思っていたのですが、ちがうのですね。この作品の中にあふれる若々しい、みずみずしい感覚と、その伸びやかな拡がり。そして何よりも、この作家の持つ命の豊かさ、生命力と言ってもいい。その豊饒さに目を見はる思いがいたしました。すばらしいと思いました。

そして、この梶井基次郎という作家、音楽の大変好きな人で、おそらく一番好きな作曲家が今日のテーマのシューベルトではないかと思われます。

＊

シューベルトとマイナー・ポエットを結びつけるということ。もちろん音楽と文学は異なりますから、これには無理があるかもしれません。しかし、マイナー・ポエットのポエットという言葉、「詩人」を「芸術家」というふうに広げて考えてみると、シューベルトこそ音楽に於けるマイナー・ポエットではないか。そんな気がしてまいります。

と言いますのは、シューベルトと全く同じ時代に、ベートーヴェンというあの大きな大きな存在、大巨匠がいるのですね。

シューベルトとベートーヴェンは、もともと年齢は親子ほど違うのですが、何しろシューベルトが三十一歳という若さで亡くなっている。そのためシューベルトの生涯がそっくりそのままベートーヴェンの中期と後期に重なる、ということになります。つまり、ベートーヴェンという大芸術家・巨匠の陰にかくれたシューベルトという小さな存在ですね。

もっとも、シューベルトが全く無名の作曲家としてこの世を去ったのかというと、必ずしもそうではない。作品のいくつかは出版されていますし、晩年にはすぐれた作曲家としてだんだん世に認められてきたようです。

しかし、楽譜の出版といっても、それは主にリートという小さな世界に限られていますし、世に認められてきたといってもウィーンの街の中のごく一部分に限られたもので、あのヨーロッパ随一の作曲家として、その名声あまねく鳴りひびいたベートーヴェンとは較べものになりません。

シューベルト自身、ベートーヴェンを大変尊敬すると同時に大変怖れていまして、「ベートーヴェンの後で一体誰が何が出来ようか？」とよく友達に言っていたということです。

この小さな小さな存在であるシューベルトが一八二八年、三十一歳の若さで亡くなり、それから五十年経ち、百年経ち、そして今、生誕二百年めを迎えている。

その間に、シューベルトの遺した作品群が異様な光を帯びて輝きはじめ、いつのまにかベートーヴェンの巨大な作品群と肩を並べ、ちがった意味でベートーヴェンを乗り越え、さらに深い人生の啓示を私たちに与えようとしている。

まさに、マイナー・ポエットの面目躍如たるものをシューベルトに見ることが出来ると思われます。

＊

私は、この一週間、今日のこの会のための準備の意味もあり、シューベルトが十代の後半に作った初期リートのいくつかをまとめて聴いてみましたが、抒情的なリートにみなぎるとても豊かなもの、それは先ほどお話した梶井基次郎の短篇小説の経験と同じで、一見小さなものと思われていたシューベルトの小品に宿る思いがけなくも豊かなもの、言ってみればバッハの音楽に通じるような生命力を感じまして、今さらながら感嘆の思いを新たにしました。

野原を舞台に交わされる少年と赤いバラの花の会話。ひといきで歌われるような、この短い旋律の中に、赤いバラの花、その小さな命がいきいきと躍動します。

世界中で一番有名なシューベルトの歌だと思います。D.257「野ばら」。

この歌だけは、今日は、是非日本語で歌ってもらいたいと、久保田先生にお願いしました。ゲーテには叱られるかもしれません。でも、シューベルトは怒らないと思います。「わらべは見たり、野中の薔薇……」これは、もう、すでに、なつかしい日本の歌になっているのですから。

□演奏　野ばら（Heidenröslein, D.257）
テノール　久保田　誠
ピアノ　伊藤真由美（以下、演奏者は同じ）

*

コンヴィクトという国立の寄宿制神学校、並びに宮廷礼拝堂児童合唱団、今のウィーン少年合唱団ですね。ここを出たシューベルトは、しばらくの間お父さんのもとに戻り、父の経営する学校で先生を勤めます。教員生活を送るようになるのですね。

シューベルトは、この学校の先生というのがいやでいやで仕方なかった。何とかして、作曲家として自由な独立した生活をしたい。この願いをどうにかして父にわかってもらいたい。それをどうやって認めさせるか。これが、シューベルトを生涯悩まし続ける問題となるわけです。

とうとう二十一歳の時に父の家を飛び出し、自由な独立した生活に入ります。それから亡くなるまでの十年間、この間に、シューベルトは公の仕事には一つも就いていません。就職は全くしていないのですね。楽譜の出版はかなりあったが、それで生活していくには不充分だし、不定期である。演奏会の方はどうかというと、残念ながらシューベルトはショパンやリストのようなヴィルトゥオーソではない。到底、その方での収入は見込めません。

では一体、シューベルトはこの十年間どのようにして生活していたのか？　詳しいことは、ほとんどわかっていないようです。

ただ、言えることは、シューベルトほど友達に恵まれた人はいない。世に言う「シューベルティアーデ」で代表される、あの、すばらしい集りですね。音楽家はもちろんのこと、画家がおり、詩人がおり、法律家がおり、役人もいる。これらのすぐれた若者たちが、物心両面からシューベルトをしっかりと支えていったようです。

世はまさに、ビーダーマイヤーの時代。ナポレオン没落後のウィーンは、メッテルニッヒの宰領する保守・反動の時代です。

むずかしいことや深刻なことを考えるよりも、その日その日が楽しく、陽気に、愉快に過せれば良い。時代に失望した若者たちは、ひたすら、小市民的な日常生活の楽しみの中に没頭していきます。

シューベルトが二十二歳の時に作曲した、あのピアノ五重奏曲「鱒」。どの楽章もすばらしい名曲ですが、特に有名な四楽章の主題と変奏。その第三変奏で、チェロとコントラバスがテーマを奏で、その上をピアノが右手と左手オクターブのユニゾンで、きらめくような速いパッセージで駆け巡るところがありますね。シューベルトを中心とした若者たちの青春、明日はどうなるかわからないが、とにかく今を、ときめきの中で生きる。明日がわからないということは、現在、今の行為のお返しが期待できない。つまり、打算とか計算のない行為ということで、不安であるがそれだけ純粋であるとも言えますね。若者たちのキラキラと輝く青春の命、そのきらめくような命の燃焼が感じられます。

そして、やがてやって来るフィナーレの変奏。何と、ここで初めて、原曲のリートに使われている、あの六連符の音型がピアノにあらわれるのですね。

アインシュタインは、うまいことを言っています。「まるで、いたずら好きの美しい女性が、ここでヴェールを取って、初めて愛らしい姿を見せるようだ」と。

それでは、このピアノ五重奏の原曲、リート「鱒」を聴いてみましょう。

□演奏　鱒（Die Forelle, D.550）

＊

いくらシューベルトが友達に恵まれていたとはいえ、こんなボヘミアン的生活がいつまでも続くはずがありません。

「未完成シンフォニー」が作られた一八二二年、それから「美しき水車小屋の娘」の翌年、この二十五、六歳を境として、ようやくシューベルトの生活にも退潮、かげりのきざしが現れてきます。

その頃に書かれたシューベルトの有名な手紙の中に、こういう一節があります。


「僕は、この世の中で一番みじめで不幸な人間だ。夜ベッドに入る時はいつも、このまま目が覚めないといいなあ、と思っている。」


私はこれを読んだ時、あれ？　誰かが同じようなことを言っていたな、と思いました。

モーツァルトですね。モーツァルトが同じようなことを言っているのです。一七八七年、三十一歳の時にザルツブルクの父親あてに書いた手紙の中で、「僕はいつも床につくとき、明日はもう生きていないかもしれないと思わないことはありません。」と言っている。

ただ、ちがうのは、モーツァルトは朝、目を覚ましてみると、自分は生きている。うれしくて仕方がない。これは、まあ、私の想像なのですが、彼はその日一日を懸命に生きていく。勇んで作曲に没頭していく。つまり、モーツァルトは毎晩死んで毎朝生き返る。ここに、凡人には絶対に出来ない、天才モーツァルトのすばらしい生き方があるのですね。

シューベルトの場合は、こうは明るく、こうは勇ましくはいきません。朝、目を覚まして生きていることが憂鬱になる。昨日の哀しみ、悲嘆だけが心に重く沈む、と書いています。

どうも、この世の中に自分の居るところがない、という思いが、この頃のシューベルトが懐いていた気持のようです。

確かに、シューベルトは三十一年の短い生涯の中で、自分の確実な存在感、この世の中で己が実存する確実な場所をつかむことが出来なかった。よく「さすらいの芸術家」シューベルトという言い方がされますが、この「さすらい」とは、シューベルトがいろんな所を旅して廻ったというようなことではない。「さすらい」とは、心のさすらい、「魂のさすらい人」であったという意味で使われるのですね。

さて、歌曲集「美しき水車小屋の娘」は、シューベルトが生涯の後期に入ろうとする境目ともいうべき時期に書かれた名作ですが、この「水車小屋」と同じ年、二十六歳の一八二三年に、とびっきり美しいリートの傑作が生まれています。

歌曲「水の上で歌う」です。

私は、もしも、シューベルトのリートの中から三曲だけを選べと言われたら、いつ何時でも、ちゅうちょなくこの曲を三曲の中に入れますね。何とも、すばらしい曲です。この一曲だけでシューベルトが大好きになります。

夕ぐれ、たそがれ時、小舟が水の上を白鳥のように滑っていく。

時の移り変り。光と影、その交錯。

次々に転調していくメロディの魅力的なこと、そして、夕映えの波をあらわすピアノ伴奏の言いようのない美しさ。

□演奏　水の上で歌う（Auf dem Wasser zu singen D.774）

＊

「水の上で歌う」。この作品が作られたのが一八二三年ですが、その前の年の末頃から、シューベルトは体に変調を来し、重い病気にかかっています。それが何と、梅毒らしい。

梅毒――あの純情なシューベルトが、忌わしくも恐ろしいこの病気に感染したのですね。当時の医学ではどうも治療の仕様がなかったようで、この後シューベルトは良くなったり悪くなったり、病気と回復をくりかえしながら、しだいに体が衰弱していきます。

直接の死因は腸チフスという伝染病によるものということですが、極度に弱まった体にそれが止めを刺したということで、この梅毒がシューベルトの命を奪っていったことには間違いがない。

私は思いますね。神さまは、どうして、よりによって、シューベルトのような、こんなに純情で、こんなにうぶで、こんなに清らかな青年に、こんな忌わしくも恐ろしい病気を与えてしまったのか。世の中には、もっともっと悪い男がいっぱい居るではないか、と。

割れるような頭痛、激痛をシューベルトは友達に訴えています。

恐ろしい病毒が、シューベルトの脳髄を侵しはじめる。その同じ脳髄の中から、世にも美しい、世にも壮絶な音楽が生み出されていく。一体、天才の頭脳の中で、いかなるドラマがいかなるからくりで織り成されていくのか。私どもは、全く、語るべき言葉を失ってしまいます。

ともあれ、この晩年の五年の間に次々と傑作が生み出されるのですが、特に最後の年、一八二八年の輝きはすばらしく、作曲家の最後の年がこんなに光り輝くのは、おそらく、モーツァルトの最後の年をおいて他には見られないと思われます。音楽史上の奇蹟だと言っている人もいるぐらいです。

交響曲第九番ハ長調〝ザ・グレート〟、弦楽五重奏曲ハ長調、ピアノ・ソナタ三曲、それに、ハイネの詩に付けたいくつかの歌曲。どれも文句なしの名曲です。

それから、一年前の三十歳、一八二七年がまた凄いのですね。歌曲集「冬の旅」。今日の会、後で伊藤先生が弾かれると思います即興曲作品九十番。それにピアノ三重奏変ホ長調。

さて、こういった晩年の作品からリートを一曲とりあげるとすれば、たとえば「冬の旅」から「菩提樹」を、「白鳥の歌」からだと「セレナード」でもいいわけですね。

しかし今日は、私はあえて、ここでシューベルトの比較的若い時に作られた作品、あの、なつかしい「子守歌」を歌ってもらうことにしました。

「子守歌」はもちろん、子供を安らかに眠らせるために母親が歌うもので、世界中いたる所に、いろんな国の子守歌があります。その中でもシューベルトの子守歌は、一番よく知られ、一番よく歌われ、いわば「子守歌」の王様のようなものでしょう。

私は、かねがね思っていることなのですが、「子守歌」という音楽のジャンルは、音楽の持っている重要な機能の一つを含んでいる。音楽には、たとえば人を慰めたり、人を勇気づけたり、悲しんでいる人と一緒に悲しんだり、といろんな働き・機能があるのですが、この子守歌の持つ機能は、赤ん坊を安らかに眠らせる。別に赤ん坊に限らなくともいい、我々人間を安らぎのうちに静かに眠らせてくれる、母の胸に抱かれ静かに憩わせてくれるということで、これは、音楽の持っているとても大切な機能の一つだと思うのです。

三十一年という短い生涯を、あんなに苦しみ、あんなに闘い、あんなに美しく生き抜いたシューベルト。

シューベルトさん、あなたこそ静かに安らかに眠りたまえ。と、そんな思いで、この曲を聴いてみたいと思います。

□演奏　子守歌（Wiegenlied, D.498）

＊

シューベルトの生涯をしらべたり、シューベルトの音楽を聴いてきたりして、何よりも、一貫して感じられることは、この作曲家ほど謙虚な人はいない、という思いですね。

自分が偉い、などと考えたこともない。この人は、自分の書いた作品が後々まで遺るなどとは、ひとかけらも考えたことのない人ではないか。そんな気がします。

これは、本当にみごとなもので、無私の精神、というか、己を無にして美の創造に没入していく。この、シューベルトの生きる姿に、芸術家の一つの模範、才能があればあるほど、力があればあるほど芸術家は謙虚であるべきだという、一つの芸術家の生き方の見本が示されているように思われます。

この謙虚な精神、無私の精神で作られた作品に、今度は、私たちの方が謙虚に耳をかたむけなければならない。耳をかたむける、ということは、作品の中に込められたシューベルトの様々なメッセージを、謙虚に受けとめるということですね。

生きることの喜び、生きることの哀しみ、人生の美しさ、人生の深さ。

シューベルトが約千曲の作品に託した様々のメッセージ、様々の人生の啓示を聴きとっていく。それが、シューベルト生誕二百年に巡り合わせた私ども音楽関係者の、これからの課題ではないか。私は今、そんな思い、シューベルト芸術への期待、というか、シューベルト礼讃の思いでいっぱいです。

時間がまいりました。
今夜は、なつかしい皆さま方を前にして、私の大好きなシューベルトについてお話することができました。本当にうれしく、感謝しています。ご清聴、ありがとうございました。

（一九九七年六月十三日、リーガロイヤルホテル小倉で開かれた山口芸術短期大学音楽科北部九州地区同窓生の夕べに於けるシューベルト生誕二百年記念の講演録。）

シューマンの人生と音楽

映画やテレビ・ドラマでよく使われる技法の一つに、オーバー・ラップというのがあります。あるシーンが完全に消え去らないうちに、次の新しいシーンが現われる。時間にしてわずか数秒間の画面の重なり、ダブりですね。これを、オーバー・ラップと呼んでいます。

何のために使われるかと言うと、主に時間の経過をあらわします。たとえば、きれいな灰皿が映し出され、それにオーバー・ラップして今度は吸殻のいっぱい捨てられた灰皿があらわれる。それだけ夢中になって話しこんだ、いつのまにか時間が経っていたということをあらわすのですね。

私は、このオーバー・ラップということ、二つの異なるシーンが二重写しになるということが、時の流れを考える、つまり歴史というものを考える上で、何か象徴的であり、暗示的であると思うのです。

と言いますのは、歴史というものは、音楽の歴史でも美術の歴史でも文学の歴史でもみんなそうなのですが、いつの時代でも何かがオーバー・ラップしている。古いものと新しいものがいつも重なっている。どんなに時代が安定し固定し、一元的に只一つの現象しか表にあらわれていないように見えても、気が付かないところでいつのまにか新しいものが忍び込み、やがてそれが力を持ち前面に躍り出てくる。歴史はいつの時代でも過渡的であり、流動的であると言えると思うのです。

その場合、オーバー・ラップの状況から新しいシーンを意識的に前面に押し出していく、つまり古いシーンをはっきり否定し、新しいシーンを思い切って前に押し進めていく、ここに大きな力を持った新しい運動の推進者、一人の天才があらわれてくる。歴史の大きな曲り角にはいつもきまってこんな凄い天才があらわれてきますね。

今日のテーマであるシューマンという作曲家は、音楽の世界にあらわれたそんな天才の一人ではないかと思うのです。ハイドンやモーツァルトやベートーヴェンのウィーン古典派の音楽と、シューベルトやウェーバーやメンデルスゾーンなどの初期ロマン派の音楽が重なり、オーバー・ラップしている。そんな状況から、新しいロマン主義運動を強力に押し進めて行った人、自らロマン派音楽の先頭に立ち、ロマン派の旗を激しく振っていった人、それがシューマンですね。まさしく、シューマンこそロマン派音楽の旗手である、と言っていいと思います。

＊

では、シューマンのロマンティシズムとは何か？　その特色はどこにあるのか？　ということですが、何といっても際立っている点は、この人の持っている文学的ニュアンスの強さですね。ロマン派音楽というものは、そもそも音楽以外のもの、音楽の外にある何かが音楽の中に入り込んでくるという一面を持っている。その、音楽の外にあるものの最たるものが言葉であり、言葉であらわされる概念や情緒や気分であり、ひいては文学ということだと思うのですが、その文学的ニュアンスの強さですね。

シューマンはすでに十歳の時にお芝居の脚本を書いている。十三歳の時には数多くの詩を作っている。また、友達を集めて、詩人の生活のすばらしさについて演説してみたり、と、何かこの人の少年時代をしらべていると、将来音楽家になるというよりも、詩人か小説家、文学者になるのではないか、という気がしてきます。

シューマンは生涯に多くの歌曲の名作を作っていますが、わざわざ他人の詩を使わなくてもいい。シューマン自身が充分作詩できたはずですね。もちろん、この人はそんな厚かましいことはしない。その代わり、詩の選択は大変きびしく、また、大変意識的です。ゲーテ、シラー、バイロンと超一流の詩人が選ばれる。中でも、何といっても見事なのは、あのハインリッヒ・ハイネとシューマンの結びつき。ロマン派恋愛歌曲の最高傑作といわれる歌曲集「詩人の恋」ですね。

その最初の曲は「美しい五月に」。

美しい五月になると、いっせいにすべての花がほころび始める。私の心の中にも恋が芽生えた。美しい五月になると、すべての鳥が歌い始める。私もあの人にひそかな想いを打ちあけた。

詩人の高揚した気持、心のたかまりが歌われます。

続いて第二曲「私の涙から」。

自分に語りかけるように、詩人のひそかな想いを抒情ゆたかに綴った名品です。

二曲、続けて聴いてみましょう。

□演奏　歌曲集「詩人の恋」（Dichterliebe Op.48）より

No.１美しい五月に（Im wunderschönen Monat Mai）

No.２私の涙から（Aus meinen Tränen spriessen）

テノール　久保田　誠

ピアノ　伊藤真由美（以下、演奏者は同じ）

＊

シューマンが習っていたピアノの先生、これがクララのお父さんのフリードリッヒ・ヴィークなのですが、このヴィーク先生がシューマンのお母さん宛てに書いた大変有名な手紙があります。

「あなたの息子さんをこれから三年のうちに、現代生きる誰よりもすぐれた最大のピアニストにしてあげましょう。」

ヴィーク先生の書いたシューマンの才能証明書のようなものでしょうね。

息子を大学の法科に入れ、その将来に期待していたシューマンのお母さんは、内心がっかりしたと思うのですが、何しろ天下の名ピアノ教師ヴィーク先生のすすめということで、不承不承《ふしょうぶしょう》息子の音楽家志望を許します。これが、シューマン二十歳の時のことです。

シューマンは、本当にうれしかったと思いますね。気が狂うほど喜んだシューマンが想像できます。もう誰に遠慮することもなく、思い切り音楽の道を進むことができるのですから。我武しゃらにピアニストへの道を邁進して行きます。何とかして遅れているテクニックを身につけたい、と火のような練習が始まる。「毎日七時間練習しています。」と書いていますが、この練習量がどんどん増えていって、おしまいには夜でも練習できるような無音鍵盤を使い始める。その狂熱的な、やや偏執的な練習の無理がたたり、とうとう右手の指をこわしてしまい、ピアニストへの道を断念しなければならなくなる。

私は思いますね。シューマンはひょっとすれば、この時期に自殺を考えたことがあったかもしれない、と。何故なら、シューマンはあくまでもピアニストになりたかったのですからね。その道が完全に閉ざされてしまった。

しかし、こう言うと、シューマンには大変悪いのですが、指をこわしてくれたおかげで、彼は作曲家としての道を歩むようになった。すばらしい名曲を後世に遺してくれた。もっともシューマンぐらいの人なら、ピアニストの道を順調に進んでいたとしても、リストと同じように、自ら弾くピアノ曲はたくさん作ったことでしょう。しかし、何しろヴィルトゥオーソ華やかな時代です。その作品の傾向は、今遺されているものとはよほど違ったものになったでしょうね。

二十代に書いたシューマンの作品は全てピアノ作品。これが、本当に凄い。謝肉祭、幻想曲、幻想小曲集、クライスレリアーナ、等々。今、コンサートでピアニストが取り上げるピアノの名作がずらりと並びます。ですから、仮にシューマンが二十九歳で死んでいたとしても、この人はピアノ曲の大家として歴史に残ったことは間違いない。

では、何故ピアノ曲ばかりなのか？　この理由は簡単です。これらのピアノ作品群の中にこそ、ピアニストになりたかったシューマンのピアノへの思い、そのピアニズムへの執念のようなものが宿っているからですね。それと、もう一つは、やはり恋人のクララです。クララへの想いとその昂揚が、天才ピアニスト、クララの弾くピアノという楽器とその特性を生かした音楽に結びつく、これは当然ですね。

一八三八年、シューマンが二十八歳の時に作られたピアノ曲集「子供の情景」から、有名な「トロイメライ」を聴いてみましょう。シューマンの書いた、いかにもシューマンらしい名曲ですね。

ロマン派というのは、いつも理想を抱き、遠くにあるすばらしいもの、美しいものにあこがれている。現実の世界には失望し、未来に夢を託している。つまり、今は飢えている。渇望の精神ですね。遠き未来にあこがれを抱いている。その場合、あこがれは必ずしも未来でなくてもいい。遠くに過ぎ去った過去でもいいわけですね。

少年時代の、あの懐かしい思い出。子供の時抱いた夢を追想する。

トロイメライ――夢。おなじみのモチーフが何回も何回も、くりかえしくりかえし浮かび上ってきます。

□演奏　「子供の情景」（Kinderszenen Op.15）より
No.7　トロイメライ（Träumerei）

ピアニストになることを断念したシューマンが、では、どのようにして生活していったのだろうか？　もちろん、作曲と楽譜の出版により収入を得ていったことも考えられるが、何よりもシューマンが成功したのは「新音楽時報」という音楽雑誌の定期的な発行ですね。一八三四年、シューマン二十四歳の時に創刊されていますが、当時としてはめずらしくこの音楽雑誌がよく売れたらしい。初めのうちは何人かの友達と一緒にやっていたみたいだが、そのうちにほとんどシューマン一人が文章を書き一人が編集するようになった。つまり、シューマンの音楽評論活動ですね。これはシューマンの人生に於いて大変重要な意味を持っています。

シューマンが「ロマン派音楽の旗手」として考えられるのは、一つには、作曲活動のかたわら、この文章によってロマン派運動をすすめて行った、保守的な「俗物ども」に対抗して新しいロマン派音楽を文章によってどんどん紹介していった、ということにもあるのですね。中でも有名なのは「諸君、脱帽、天才があらわれた」のショパン紹介。それから、これはずっと後になりますが、「新しき道」と題した新人ブラームスの紹介です。

＊

さて、音楽評論のねらい、その醍醐味は、言葉によって音楽をいかに表現するか？　にある。もちろん言葉による音楽表現などということは、初めから無理なことである。しかし、その所詮無理なことを承知の上で、限りなくその可能性に向かって近づいて行く。音楽評論の醍醐味はそんなところにあると思うのですが、シューマンの音楽評論のすばらしいところは、文章を読んでいて、そこから音楽が聴こえてくるように思うことですね。確かに何らかの音が聴こえてくる。ただ、それが面白いことに、みんな同じような音楽である。ショパンもメンデルスゾーンもシューベルトもシューマンの紹介した文章からは同じような音楽が聴こえてくる。そして、それらは結局シューマン自身の音楽ではないか、ということに気が付くのです。

どうしてそんなことになるのかと申しますと、シューマンは評論の中でいくつかの筆名を使っている。その一番代表的なのが、オイゼビウスであり、フロレスタンである。オイゼビウスは夢みるような空想的な性格の持主。先ほどの、「トロイメライ」のような穏やかな夢想的な情緒の持主。シューマン自身の持つ一面ですね。

それに対してフロレスタンは、非常に行動的な、パショナートな、火のように燃え上る情熱の持主。もちろんシューマンの持つ個性の大きな特色ですね。この性格の相反する二人の人物が対話し、討論し、音楽評論を形作っていく。つまり、シューマン自身の中にある気質、その二元性が音楽を語る文章の二つの核となっている。シューマンの音楽評論がシューマンの音楽と同質の意味を持っていると考えられるのですね。

その激しい方の一面、情熱的なフロレスタン的な音楽を聴いてみましょうか。

一八三七年、シューマンが二十七歳の時に作られた「幻想小曲集」の中の二番目の曲「飛翔」です。「飛翔」とは、いい言葉ですね。我々はいつも日常的な散文的な生活の中で、精神の思い切った跳躍、つまり「飛翔」にあこがれているのではないか。ロマンティシズムを象徴する、いい標題ですね。シューマンの激しい情熱が迸る。しかもこの短い曲の中に、夢をみるオイゼビウスも顔を覗かせる。この二つの情緒のめまぐるしい交替。シューマン音楽の特色がよくあらわれているピアノ小品です。

□演奏　幻想小曲集（Phantasiestücke Op.12）より
No.2　飛翔（Aufschwung）

シューマンがクララに初めて出会ったのはシューマンが十八歳の時、相手のクララは、その時九歳です。まさか九歳では恋愛というわけにはいかない。「可愛い女の子だなあ」といった感じでしょうか……いや、そうではない。これは違いますね。クララはその時すでにリサイタルを開いている天才ピアニスト、天才少女です。ピアニスト志望のシューマンにとっては、まことにうらやましい存在であった。この事は注目されますね。つまり二人の出会いの最初から、すでにシューマン側にクララへの羨望の念が存在したということです。

＊

二人の間に交わされた往復書簡を読んでいくと、シューマンが二十五歳、クララが十六歳の時に、明らかに愛の告白、ラブレターが認められます。

二年後のシューマン二十七歳、クララが十八歳の時、二人は手紙の中で婚約し、結婚を誓い合う。そしてこの頃からですね。二人の関係を知ったクララの父、ヴィーク先生の猛烈な反対、妨害が始まるのは。

クララの書く手紙を検閲したり、クララを演奏旅行につれ出してシューマンには会わせないようにしたり、このヴィーク先生の取った行動は常軌を逸していて、全くひどい。完全な悪役ですね。シューマンとクララの大恋愛劇の完全な敵役を演ずるのがヴィーク先生です。

しかし、常識的に考えれば、ヴィーク先生の怒りもわからないではない。幼い時から手塩にかけて育ててきた娘、しかも自分のピアノ教育法のみごとな成果、模範的な体現者でもあった我が娘が、今、シューマンというピアニストになり損ねた、全く将来性のない若者にさらわれようとしている。親としてはたまらない気持だったでしょう。しかし、もっと苦しかったのは娘のクララ自身であったことにちがいない。

一八三九年六月、遂に二人は二通の文書を作成。一通はヴィーク先生宛、そして、もう一通は裁判所宛。

訴訟を起こすのですね。

クララは書いています。

「私は悲痛な思いで署名しました。そして、私は限りなく幸せでした。」

父を裏切ることの苦しみ、しかし、もうシューマンという一人の若者について行こうとするクララの必死な決意が感じられます。

一八四〇年八月に裁判の判決が出て、結局シューマンの側の勝ち。二人は結婚してよろしいということになる。九月十二日、ライプチッヒの郊外で、ささやかながら心のこもった結婚式が挙げられます。

ロマン派音楽の作曲家たちの人生と音楽作品との関係を考える時、やはり恋愛が創造への大きな影響、インスピレーションをもたらす要因になっているということ。これはロマンティシズムの特質からいっても当然のことでしょう。ショパンとジョルジュ・サンドの恋愛。リストとダグー伯爵夫人との恋愛など多くの華やかな恋愛があげられる。ただ、それらのいずれもが、どこかに陰りがあり、屈折があり、激しく燃え上るが、結婚には至らない。灼熱の恋ではあるが、どこか病的なものがあり、結局は悲恋に終っているというケースが多い。

このシューマンとクララの恋愛だけですね。堂々と、実に正攻法です。恋愛が大恋愛に発展し、そして見事に結婚という大輪の花を咲かせている。

この大恋愛、結婚の成果がシューマンの歌曲のジャンルで、すばらしい実り、あふれるような名作の充溢をもたらしますね。

一八四〇年、結婚の年の作曲は全て声楽の曲。これまでのピアノ曲は全く姿を消し、「リーダークライス」「ミルテの花」「女の愛と生涯」「詩人の恋」など百数十曲もの歌曲が次々に生み出されて行く。それらは全てクラへの愛。まさにシューマンというナイチンゲールは、とどまることを知らず、永遠に歌い続けていくかのようです。

□演奏　歌曲集「詩人の恋」(Dichterliebe Op.48) より
No.12　まばゆく明るい夏の朝に (Am leuchtenden Sommermorgen)

*

二十九歳までの作品は全てピアノ曲であったシューマンは、結婚の年一八四〇年にはピアノ曲が完全に姿を消して、声楽曲ばかり。そして翌年になると今度はシンフォニー、交響曲が二曲生まれる。さらに次の年には弦楽四重奏曲、ピアノ五重奏などの室内楽の傑作が作られる。と、こういう風にシューマンの創作態度は極度に意識的であり、多分に偏執狂的なのですが、ともかく結婚の年を境として、作曲ジャンルはぐんぐん広がっていく。

そして、丁度その頃から、あの宿命的な病気、神経障害の症状があらわに顔を出し始め、以後断続的にシューマンを苦しめ、さいなんでいきます。

その精神病と精神病の合間、狂気と狂気の間のわずかな小休止、しばしの安息期を使って、中期から後期にかけての作品が作られていくのですね。

私は、最近ラジオから流れてくるシューマンのチェロ協奏曲を聴いているうちに、ふと、熱いものが込み上げてきて、涙がこぼれそうになった。パブロ・カザルスが、この曲は初めから終りまで全ての音符がインスピレーションで出来ている、と言っているが、全ての音符が苦悩で出来ている、と言い換えてもいい。まさしく、苦悩に刻印されたインスピレーションなのですね。

シューマンは生涯に、特に貧しさ、貧困で苦しんだというわけではない。社会的にひどい迫害を受けたというわけでもない。シューマンの苦悩は全てシューマン自身の中にあった。シューマン自身の中に巣くっている神経障害、精神病こそシューマンの人間的尊厳を根底から覆す苦悩の核そのものであった。これは何とも恐ろしいことですね。精神の領域、その本丸が侵されるということですから、人間にとってこれほど惨酷なことはない。

しかし、考えてみれば、シューマンの苦悩は我々人間というものが持つ根源的な問題であるかもしれない。ことに現代のように混沌とした社会機構の中で、人々は多く、病んでいる。深く悩んでいる。今、まさしく「神経症」の時代に生きる我々にとって、シューマンの闘った問題こそ我々自身の本源的なものであるのかもしれない。私は、そんな風なことも考えてみるのです。

おしまいに一つだけ申し上げておきたいことは、今、不当にも低く評価されているように思われるシューマンの後期作品、特にシンフォニーのいくつかを見直してみる。聴きなおしてみること。そして、それらをシューマンの初期の作品、今日聴いていただいた若きシューマンのピアノや声楽作品と、それこそ、オーバー・ラップさせてみる。そのインスピレーションに充ちたすばらしい音に耳を傾けながら、ロマンティシズムとは何か？　シューマンの苦悩とは何か？　さまざまな問題について、改めて思いを巡らしてみることが、とても大切なのではないか。そんな風なことをしきりに考えています。

（一九九八年六月十二日、福岡市アクロス福岡円形ホールで行なわれた山口芸術短期大学音楽科公開講座の講演録）

あとがき

言葉によってどこまで音楽を表現できるか、あるいはどこまで音楽に接近することができるか。私が試みてきた音楽作品台本という、まだあまり一般的でない新しい分野での創作は、そんなねらいを持った、かなり無謀な試みであったように思われます。

この二〇二四年の十二月のはじめに、私は八十四歳になります。そろそろ天に送るレポート（人生報告）を用意しなければ、と思ってはみたものの、生涯日記をつけてこなかった私には、それらしいものは何もありません。

そこで、この際思いきって、今まで書いてきた音楽作品台本をまとめて、本にしようと思い立ちました。もちろん自分が書いたものを本にするなんて、生れてはじめての経験、これこそ無謀な試みだったかもしれません。

〈この本を読んでくれる誰かの耳に、音楽がきこえてくればいいが、……それが、かすかにであっても、おぼろげにであっても〉

今、私が抱いている、ささやかな願望です。

上梓にあたっては、ふらんす堂さんに大変お世話になりました。厚く御礼を申し上げます。ありがとうございました。

令和六年十一月

吉田　稔

著者略歴

吉田　稔（よしだ・みのる）

昭和15年（1940年）和歌山県田辺市に生まれる。

昭和38年広島大学教育学部音楽科を卒業。

広島ジュニアオーケストラ副団長を経て、昭和46年より山口芸術短期大学で音楽鑑賞法、西洋音楽史を講義。平成11年同短大音楽科主任教授。

音楽作品脚本・構成という新分野で創作活動を行う。主な作品に組曲「吉田松陰」、組曲「菅公――天神様の細道」、組曲「金子みすゞ」などのシナリオがある。

山口県芸術文化振興奨励賞、山口県文化功労賞、防府市文化振興奨励賞を受賞。


現在、山口芸術短期大学名誉教授、ＫＲＹラジオ「鈴木久美の日曜日のクラシック」にレギュラー・ゲスト出演。

現住所　〒747-0023　山口県防府市多々良2丁目2の26

音楽作品台本集　組曲「吉田松陰」
二〇二五年三月一五日　初版発行
著　者――吉田　稔
発行人――山岡喜美子
発行所――ふらんす堂
〒182-0002 東京都調布市仙川町一―一五―三八―二F
電　話――〇三（三三二六）九〇六一　ＦＡＸ〇三（三三二六）六九一九
ホームページ https://furansudo.com/　E-mail info@furansudo.com
振　替――〇〇一七〇―一―一八四一七三
装　幀――君嶋真理子
印刷所――日本ハイコム㈱
製本所――㈱松　岳　社
定　価――本体二八〇〇円＋税
ISBN978-4-7814-1723-3 C0093 ¥2800E